岩 波 文 庫

32-069-1

ダライ・ラマ六世恋愛詩集

岩 波 書 店

目　次

イラスト＝蔵西

ダライ・ラマ六世恋愛詩集

1

はるかモン[1]より鸚鵡《おうむ》来て
季節は巡り春めきぬ
幼馴染《おさななじみ》の愛《いと》し娘《ご》に
目見《まみ》えて心安《やす》らげり

2

モンの国よりほととぎす
来たりて時は春めきぬ
我《われ》愛し娘と睦《むつ》みあい
安らぎ覚ゆ身と心

3

東の山の頂に
皓々《こうこう》白く月昇り
かの乙女子《おとめご》が面影《おもかげ》は
我が心にぞ現わるる

4

西の深山《みやま》の頂に
白き煙の立ち昇り
我に思いを寄せる娘《こ》が
サン[2]を焚《た》き上げ慕うかな

5

かなた峠の頂に
新たな雲の現われぬ
故郷《ふるさと》にある愛《いと》し娘《ご》に
我の想いを運べかし

6

風はどこより起こりしか
故郷よりぞ起こりなば
里に残せし愛し娘を
我に連《つ》れ来《こ》よあやまたず

7

岩場と草場に生まれ棲《す》む
神の鳥なる雷鳥よ
愛《いと》し娘《ご》心悲しまば
その傍《かたわ》らに飛べよかし

8

見目麗《うるわ》しく雅《みやび》なる
風情《ふぜい》の君を目にせんは
高き梢《こずえ》の頂に
熟れたる桃を見るごとし

9

口にすること叶《かな》わざる
熟れたる桃が木にたわわ
手にすることの叶わざる
娘の噂《うわさ》でもちっきり

10

かの娘子《むすめご》の愛しさや
胡《こ》桃《とう》の花のごとくして
日のあるうちは目に見えず
帳《とばり》降《お》りなば手にできず

11

柳の園に熟れた桃
燃える想いに焦がるとも
若き男《おのこ》の仏道の
修行を妨《さまた》ぐことなかれ

12

色麗《うるわ》しき花々よ
見目鮮やかに咲き乱れ
いとかぐわしき香りもて
我が心にぞ浮かびくる

13

背後に潜む龍神[3]の
空恐ろしく怖くとも
目の前になるりんごの実
摘《つ》まではすまじ我が心

14

逢い去り往《ゆ》きし愛《いと》し娘《ご》は
肌に色香《いろか》のたちこめり
しばし手にせしトルコ石
失《な》くしたごとき思いなり

15

心に適《かな》える娘子を
我が伴侶《みちづれ》に娶《めと》らんは
海底《うみぞこ》深く一粒の
輝く真珠を得《う》るごとし

16

谷の上手《かみて》に人気《ひとけ》なく
小鳥の一羽悲しげに
鳴けども応《こた》う声はなし
崖に草木も生えおらず

17

谷を遠くに見渡せど
目に入るのは空ばかり
我が愛《いと》し娘《ご》に目見《まみ》えんは
人身《じんしん》得る[4]より難《かた》きこと

18

我がラマ僧[5]の御前《おんまえ》に
教えを乞《こ》いに進みしも
御法《みのり》はうわの空にして
愛し娘想う心のみ

19

我が慈悲深きラマ僧は
観想すれども現われず
かの清楚《せいそ》なる娘子は
想わざれども浮かびくる

20

色濃く書きし墨の文字
水の滴《しずく》に消え去らん
心に浮かぶ面影《おもかげ》は
拭《ふ》きぬぐえども消え去らず

21

愛《いと》し娘《ご》想う我が心
正しき御法《みのり》に向かいなば
人身受けし今生《こんじょう》で
成仏まさにまがいなし

22

娘の心に従わば
我が今生に悟りなし
山奥深く籠《こも》りなば
娘の心に背《そむ》きなん

23

我を残して娘子は
はるか遠くに立ち去りぬ
乙女《おとめ》よ我も去りゆかん
世を捨て入《はい》らん仏門に

24

心奪いし乙女子《おとめご》が
仏の道に入りなば
若き我とて留まらじ
山の庵《いおり》に籠《こも》りなん

25

聖なるサムエー・チンプ窟《くつ》[6]
瞑想修行《めいそうしゅぎょう》に籠る我
愛《いと》し娘《ご》邪念はなかれども
我に差し入れ持ちきたる

26

千の花びらもつ葵《あおい》
仏の供物に献じなば
若き蜜蜂この我を
ともにお堂に連れよかし

27

運勢上向《うわむ》くこの時に
祈願の旗[7]を立てしかば
良家の清き娘子《むすめご》の
誉れの客にと招かれき

28

香る花びら一つにも
蜜蜂あまた集いよる
若き乙女子《おとめご》一人には
若き男《おのこ》が群がれる

29

歯白く笑《え》みをほころばす
居並ぶ娘を見渡せば
一つの婀娜《あだ》なる流し目が
我が顔《かんばせ》に注がれし

30

親の定めし縁談は
拒む術《すべ》なきものなるも
乙女心は揺れ動き
愛《いと》しき人を追い求む

31

心娘に恋い焦がれ
我が伴侶《みちづれ》に乞《こ》いしかば
死して別《わか》るることなくば
生きて別れはせじと言う

32

コンポ[8]の国の娘子よ
心悲しむことなかれ
死に別れにはならずして
相目《あいま》見《み》えん縁《えにし》あり

33

微笑《ほほえ》みかける白き歯に
若き男《おのこ》は魅了さる
熱き真心あるやなし
我に誓いて告げ給え

34

永久《とわ》の伴侶《とも》たる我が君は
はにかみのゆえなるや
御髪《みぐし》に挿したるトルコ石
言《こと》の葉《は》告ぐること知らず

35

岩に向かいて叫べども
返る言葉はつゆもなし
心の内を伝えども
娘の心は打ちとけず

36

幼馴染《おさななじみ》の愛し娘《いとご》へ
思い刻みし柳の木
柳園《りゅうえん》護る木樵《きこり》らよ
幹を伐《き》り出すことなかれ

37

柳は小鳥を愛《いと》おしみ
小鳥は柳を愛おしむ
せめて今年は柳の木
伐らずに残しおけよかし

38

柳よ移《うつ》り気《ぎ》するなかれ
小鳥の心揺れ動く
柳に思いなかりせば
小鳥は他処《ほか》に去りゆかん

39

人恋《こ》い初《そ》めし始めより
夜な夜な床《とこ》に寝つかれず
日に日に心物思い
休むいとまのつゆもなし

40

三日月白く輝きて
白き衣を纏《まと》いおる
愛《いと》し娘《ご》我と十五夜に
忍び逢わんと誓えかし

41

十五夜の月澄みわたり
我が愛し娘の面影《おもかげ》や
月面《つきも》に住まう白兎《しろうさぎ》
わずかな余命尽き果てん

42

月は彼方《かなた》に去りゆけど
やがて此方《こなた》に戻りこん
白き吉祥上弦[9]に
我が愛し娘に目見《まみ》えんや

43

まだ溶けやらぬ凍て地《いち》には
馬を放つにあらずかし
逢いて間もなき愛し娘《いとご》に
心うち明くことなかれ

44

父母に告げざる秘めごとを
愛し娘一人に告げしより
娘の口の軽さゆえ
まわりに知らぬ人のなし

45

ポタラ宮[10]でのお名前は
ツァンヤン・ギャンツォ[11]修行僧
ラサ[12]の下町ショル[13]にては
放蕩《ほうとう》ダンサン・ワンポ[14]なり

46

他人《ひと》我がことを噂《うわさ》せり
許せよすべてあるがまま
若き男《おのこ》は三歩《みほ》[15]忍び
妓楼《ぎろう》通いに明け暮れる

47

ユトク邸[16]の柳園の
可愛《かわゆ》き小鳥キキ・プティ[17]よ
鸚鵡《おうむ》の我と連れ立って
東方コンポに飛び立たん

48

ダクポ[18]の国は暖かく
若き娘は気立てよし
世が無常でなかりせば
ここにぞ永久《とわ》に留まらん

49

高き白檀《びゃくだん》その幹の
涼しき木陰に集いなば
二人の心の結び目は
結ばざれども結ばれん

50

チョンギェー谷[19]の柳園の
小鳥のソナム・ペルゾムよ
我ら遠くに離れまじ
宿世《すくせ》の縁《えにし》に他《ほか》ならず

51

蜂の来たるや早すぎて
花の開くは遅すぎし
前世《ぜんせ》の縁《えにし》なきものは
現世《げんせ》で逢うはなかりけり

52

宿世《すくせ》からの宿縁《すくえん》に
結ばれ合いし仲なれば
互いに心通い合う
愛し娘《いとご》プティ・ペルゾムよ

53

水と乳とが混じりしを
分けへだつのは金亀《きんき》[20]のみ
心睦《むつ》みし君と吾《あ》を
引き裂く者は誰もなし

54

犯すは今ぞ若き時
悪《あ》しき行い数知れず
婀娜《あだ》なる愛《いと》しき娘子《むすめご》よ
今宵も行きずり目見《まみ》えんや

55

表《おもて》黄色く中黒の[21]
雲出《い》で霜《しも》と雹《ひょう》の降る
非僧非俗の修行者は
教えに背く仏敵ぞ

56

今宵はアラ[22]に酔いつぶれ
女子《おなご》の肩に寄りかかり
明朝《みょうちょう》別れ行く時は
赤き雄鶏《おんどり》鳴く時ぞ

57

一夜を共にせし娘
黄昏時《たそがれどき》に我を待ち
夜明けに月の沈む時
早くも別れ支度せり

58

人にもまして智慧《ちえ》のある
四つ目の犬[23]よ心あらば
我《われ》黄昏に忍《しの》び出《い》で
夜明けに戻る[24]と告ぐるなよ

59

夕闇《ゆうやみ》まぎれ愛《いと》し娘《ご》と
忍びて逢いしその夜明け
一面積《つ》もりし白き雪
足跡定かに刻まれし

60

ラサの街には人いきれ
チョンギェーの人麗《うるわ》しき
幼馴染の愛し娘は
チョンギェー谷の育ちなり

61

チベット国の要《かなめ》たる
吉祥法輪ラサこそは
我と愛し娘睦《むつ》みの場
パルデン・ラモ[25]のお導き

62

東インドの婀《あ》娜《だ》孔雀《くじゃく》
コンポの奥の鸚鵡《おうむ》とは
生まれ故郷は違えども
出会いは法輪ラサの街

63

モンの国のカッコーと
コンポの国の鸚鵡《おうむ》とは
生まれ故郷は異なれど
逢うは法輪ラサの街

64

モンの国は穏やかで
モンの娘は色白し
熱き恋慕の思いから
男は娘を連れ去れり

65

モンの国から飛び来たる
青き色したカッコーよ
木々生い茂る柳園《りゅうえん》で
妙《たえ》なる一声《ひとこえ》鳴けよかし

66

モンよりカッコー来たれるは
杜松《ねず》にぞ懸想《けそう》してのこと
されども杜松のつれなさに
カッコー、モンに戻り行く

67

モンの国へとしげく飛ぶ
かの青色のカッコーよ
我が麗《うるわ》しき愛《いと》し娘《ご》に
三度《みたび》便りを咥《くわ》え行け

68

もの言う鸚鵡《おうむ》今しばし
くちばし閉じてくれよかし
柳林《やなぎばやし》のホオジロが
妙なる調べ奏でおり

69

柳は小鳥に懸想して
小鳥は柳に懸想せり
相思相愛する仲に
鷹《たか》の割り込む隙間《すきま》なし

70

恋する二人の出逢いしは
酒場のおかみの手引きなり
愛の証《あかし》の生まれなば
そなた自ら育《はぐく》まん

71

愛《いと》し娘《ご》この世にある限り
酒尽きることなかるまじ
若き身《み》空《そら》の逃れ場は
酒を除きていずこにか

72

我と巷《ちまた》の娘とは
三《み》文《も》字《じ》の契り結びしが
蛇のとぐろを解くごとく
おのずと解けて失《う》せにけり

73

コンポの若き蜜蜂は
蜘蛛《くも》に捕られ夢心地
三晩同衾《どうきん》しての後《のち》
仏の教え顧《かえり》みる

74

柔肌《やわはだ》熱く燃ゆる娘《こ》は
褥《しとね》で我を待ち焦がれ
若き男の精髄を
巧みに盗み取らんとや

75

娘の肌には馴染《なじ》めども
胸中《きょうちゅう》探る術《すべ》はなし
虚空の星の動きすら
星座表にて知らるるを

76

空には星の満ち満ちて
我が胸思いに張り裂けん
されどつれなき愛し娘《いとご》は
心の内を明かさざる

77

山野を駆ける雌馬は
罠《わな》と縄にて捕《とら》まえん
背を向け去りし愛し娘は
呪文ですらも捕え難し

78

犬虎はたまた豹《ひょう》にせよ
肉一切れで手懐《てなず》くを
長き御髪《みぐし》の雌虎は
懐《なつ》きてなおも荒々し

79

幼馴染の愛《いと》し娘《ご》は
狼の血を引くやらん
我が肉皮を貪《むさぼ》りて
山野に戻るいでたちぞ

80

娘は母より生まれしや[26]
はた桃の木より生まれしや
娘の心の移ろいは
桃花散るより速《すみ》やかぞ

81

幼馴染の愛し娘は
桃の木よりや生まれけん
その移《うつ》り気《ぎ》の素早《すばや》さや
花の散るよりなお速し

82

川往《ゆ》く船の心なき
馬頭[27]ですらも後ろ見ん
かの移り気の愛し娘は
我を返り見だにもせず

83

我と愛し娘《いとご》別れんと
つゆだに思うことはなし
されどつれなく引き裂かれ
離《はな》れ離《ばな》れに散《ち》り散《ぢ》りに

84

我を愛せし乙女子《おとめご》は
他人《ひと》の伴侶《はんりょ》に娶《めと》られし
我残されて病《や》み臥《ふ》して
心も体も痩《や》せこけぬ

85

愛し娘盗み奪われて
占い探すも詮《せん》なしや
心やさしき娘子は
夢に巡りて現われり

86

谷の上手《かみて》の森に棲《す》む
黄色き羽根の鸚鵡《おうむ》鳥《どり》
奪いとられし愛し娘は
いずこにありや告げよかし

87

コンポ国から飛び来たる
もの言う鸚鵡《おうむ》告げよかし
幼馴染の愛《いと》し娘《ご》は
健やかなりやなからんや

88

宝我《わ》がものなりし時
宝の貴《とうと》さ知らざりき
宝人手《ひとで》に渡りして
心悲痛に泣きくれし

89

たえてし君と逢わざれば
思《おも》い煩《わずら》うこともなし
さらにし恋に落ちざれば
君をし慕う悩みなし

90

草の葉に降《ふ》る白き霜《しも》
木枯らし告ぐる先触《さきぶ》れぞ
花と蜂とが睦《むつ》みしを
引き裂きけるは汝《なんじ》なり

91

花咲き乱れ移ろえど
蜜吸う蜂は悲しまじ
恋の縁《えにし》は尽きせども
えも悲しまじ我が心

92

このつかのまの人生で
我喜びに浸りけり
来世の春にまたしても
逢えるや否《いな》や愛《いと》し娘《ご》に

93

白鳥沼に飛び来たり
しばし憩いを求めしも
厚き氷に覆われし
時を恨んで飛び立ちし

94

白鳥水面《みなも》を去らんとは
つゆだに思うことはなし
されど水面の氷《こお》らなば
やむなく別るる他《ほか》はなし

95

しぼみし花のなれの果て
黒き花殻《はながら》目にすれば
老婆の姿目に浮かぶ
かの愛《いと》し娘《ご》もかくなるや

96

花咲きやがて萎《しお》れけり
妹子《いもこ》睦みて老いにけり
金色蜂《こんじきばち》に別れ去る
非情の時の至りけり

97

萎れし花びら色あせて
移《うつ》り気《ぎ》速き愛し娘は
白き歯を見せ微笑《ほほえ》めど
心に喜びなかるらん

98

死後の世界の閻魔《えんま》王《おう》
善悪映す鏡持つ
この世は公正ならずとも
あの世に清き裁きあれ

99

ナムリン[28]におる娘子《むすめご》よ
たえず健やかなれよかし
若き男《おのこ》はチョンギェーを
巡りて逢いに来たらんや

100

真白《ましろ》き鶴よ心あらば
我に翼を貸せよかし
遠くに飛ぶにあらずして
理塘《リタン》[29]を巡りて帰りこん

注　解

1　ブータン、インドのアルナーチャル・プラデーシュ州(ダライ・ラマ六世の出身地)などヒマラヤ山脈の南側一帯を指す。チベット仏教圏ではあるが、中央チベットとは気候、動物、植物、民族、習慣などが異なり、ほぼ異文化圏と見なされ、詩の中でも異国情緒を漂わせる。

2　屋外の炉などで松柏《しょうはく》、杉などの香木を焚いて、その煙を天上の神々に捧げること。

3　地祖神の類。チベット人の考えでは、土地はすべてこうした地祖神の所有物で、人間はそれを借りているだけである。

4　仏教の考えでは、人間として生まれるのは、過去生での善業のおかげであり、生きものの中で非常に恵まれた、稀《まれ》な境遇である。

5　チベット語で「上師」を意味する言葉で、尊崇される師を指す。

6　サムエーはラサの東南、ツァンポ川の北岸に位置する最古(八世紀後半)の僧院。チンプ窟は、その周辺にある瞑想窟の一つ。

7 チベット語タルチョ。願い事の成就や死者の供養のために屋外に立てる幟旗《のぼりばた》。

8 中央チベットの東端で、ツァンポ川の北岸に位置する地域。

9 チベットの暦法では、一か月のうち前半の月の明かりが増す上弦を「白分」、後半の月の明かりが減る下弦を「黒分」とする。

10 ラサの北側のマルポリ丘に建立された歴代ダライ・ラマの壮大な宮殿。ポタラ宮は観音《かんのん》菩薩《ぼさつ》の住まいの名前。ダライ・ラマはその化身とされるので、こう名付けられた。

11 ダライ・ラマ六世の法名。

12 チベットの首都。

13 ポタラ宮の南側の麓《ふもと》の一画。

14 ダライ・ラマ六世がポタラ宮をお忍びで出歩いた時の名前。

15 他にも三文字、三度、三晩など三という数字がよく用いられるが、これといった格別な意味はないであろう。

16 チベットの一貴族。またその邸宅。

17 他の詩の中にもソナム・ペルゾム、プティ・ペルゾムという女性の名前が現われるが、必ずしもダライ・ラマ六世と実際に関係があった女性の名前を指すものではないであろう。

18 中央チベットと東チベットの中間に位置するツァンポ川南岸の一地方。モンと同じく、中央チベットからは異国と見なされる。

19 ラサの東南、ツァンポ川南岸の一地域。古代チベット(吐蕃《とばん》)帝国(七〜九世紀)の中心地。

20 水と牛乳は相性が良く、混ざったら完全に一体となる。それを再び分ける超能力を持つとされる伝説上の亀。

21 ダライ・ラマの宗派であるゲルク派の僧衣は黄色である。僧衣を纏《まと》いながらも、僧にふさわしくない有様を形容したものであろう。

22 穀物を発酵させて作った濁り酒(チャン)を蒸留して作った一種の焼酎《しょうちゅう》。

23 目の上に斑《ぶち》のあることから、「四つ目」と称される。

24 ダライ・ラマ六世がポタラ宮を夜な夜な抜け出して放蕩《ほうとう》を繰り返したことを指す。

25 チベット仏教の護法尊の一つ。

26 「母より生まれしや」というのは、「人間を母として生まれたのか」といった意味。娘が思い通りに懐いてくれないので、人間の気持ちが通じない動物なのか、はた植物なのかという、男の戸惑いを表わしている。

27 伝統的なチベットの川船には船首に馬頭が付けてあるものが多い。

28 地名あるいは建物名だが未詳。

29 現在の中華人民共和国四川《しせん》省甘孜《かんし》自治州理塘県。ダライ・ラマ六世の転生であるダライ・ラマ七世の出生地。チベット人は、この歌をダライ・ラマ六世が自らの転生地を予言した辞世の歌であると見なしており、この予言通りにダライ・ラマ七世は理塘で発見された。しかしこれは時系列的には前後が逆転したアナクロニズムであり、実際にはこの歌は理塘で生まれた子供がダライ・ラマ七世と認定された後に歌われるようになったものと思われる。それゆえに、この歌はダライ・ラマ六世の死後少なくとも数年が経過してから、ダライ・ラマ六世に仮託されたものであって、ダライ・ラマ六世自身が詠《よ》んだものではないであろう。このことは、ここに収められた詩全部に当てはまることで、「ダライ・ラマ六世恋愛詩集」は実際には、詠み人知らずの恋愛詩集であり、「ダライ・ラマ六世仮託恋愛詩集」とするのが実態に近いであろう。

解説一　ダライ・ラマ六世の生涯とその特異性

今枝由郎

ダライ・ラマと言われて誰もが思い浮かべるのは、ダライ・ラマ十四世、法名テンジン・ギャンツォ（一九三五年生）であろう。ダライ・ラマというのはモンゴル語ダライ「大海」とチベット語ラマ「上師」が合成された称号であり、テンジン・ギャンツォはその第十四番目の襲名者である。

世界的には、イギリスの「ジョージ五世」とかフランスの「ルイ十四世」、日本でも歌舞伎の世界で「六代目尾上菊五郎」などのように時系列的に後の王・役者が、先の王・役者と同じ称号を名乗る場合に、それが何番目であるかを指す。しかしダライ・ラマの場合には、同じ称号を「名乗る」といっても、時を隔てて異なった人間ではなく、同一人物が何回目の「生まれ変わり」であるかを指しているという点で異なっており、これがダライ・ラマが「化身、転生」と呼ばれる理由である。それゆえに、ダライ・ラマ十四世はダライ・ラマ一世、法名ゲンデュン・ドゥプパ（一三九一―一四七四）とあくまで同一人物であり、彼はその十四回目の生まれ変わりで、一世の生年から起算すると現在六三二歳ということになる。

もっともこの化身系譜は、最初からダライ・ラマと呼ばれていたわけではない。三世目の化身であるソナム・ギャンツォ（一五四三―一五八八）に帰依したモンゴルのトメト族のアルタン・ハーン（一五〇七―一五八二）が、この称号を彼に授けたのが最初である。しかしながら、後世になって二世 遡《さかのぼ》って適用されるのが一般的となり、現在ではソナム・ギャンツォはダライ・ラマ三世として定着している。

いずれにせよダライ・ラマ化身系譜は、最初は、チベット仏教ゲルク派内にも複数あった化身系譜の一つに過ぎなかった。それが宗派内のみならず、チベット全体に対して政教両面での支配権を獲得したのは、二世後のダライ・ラマ五世、法名ンガワン・ロサン・ギャンツォ（一六一七―一六八二）になってからである。後世「偉大な五世」と称されるようになった彼は、モンゴルのオイラト族ホシュート部族のグシ・

ハーン(一五八二―一六五五)の支援を得て、その他の対立宗派、世俗権力を打ち破り、自らの優位を確立した。以後、名目的に「チベット王」を名乗ったグシ・ハーンおよび彼の子孫の軍事力を後ろ盾に、ダライ・ラマ政権は全チベットを支配した。第二次世界大戦後、中国がチベットに侵攻し始め、一九五九年にダライ・ラマ十四世はインドに亡命したが、この間三世紀余にわたって歴代ダライ・ラマは国家元首の地位にあった。

現在のダライ・ラマ十四世は、インド亡命後の非暴力主義による世界平和やチベット宗教・文化の普及に対する貢献が高く評価され、一九八九年にノーベル平和賞を受賞し、二〇一一年には自身の政治的権限を委譲し、政府首脳の地位から引退したが、宗教的指導者としての影響力は世界的に増している。

現在までの十四世のダライ・ラマの中で最も特異なのはまちがいなく六世、法名ツァンヤン・ギャンツォ「妙《たえ》なる響きの大海」(一六八三―一七〇六)であろう(一世を除いて、歴代ダライ・ラマの法名はすべて「ギャンツォ」で終わっているが、これはモンゴル語「ダライ」に相当する「海」という意味のチベット語である)。彼は一六八二年に亡くなった「偉大な五世」の化身として、その翌年に生まれた。とはいっても、事はそれほど単純ではないどころか、歴史的には複雑怪奇な背景がある。「偉大な五世」は確かに一六八二年に亡くなったが、その死は公にされることなく、摂政サンギェ・ギャンツォ(一六五三―一七〇五)によって国家機密として隠匿され、国事は「深い瞑想《めいそう》に入り、外部との一切の接触を絶った偉大な五世」の指示の下に摂政サンギェ・ギャンツォによって行われ続けた。しかし「偉大な五世」の化身探しは極秘に行われ、死後三年が経過した一六八五年に認定されたのが、数え年三歳の子供であった。この化身探し、認定の過程には何ら特異な点はないが、認定が一切公表されることなく、子供は誰の化身かも明かされることなく、一六九七年まで十年以上も軟禁状態に留め置かれたことはまさしく異例である。この間の歴史的背景には深入りせず、こうした数奇な境遇の中でダライ・ラマ六世となった人の人物像を、彼に仮託された恋愛詩との関連において、以下簡略に述べることにする。

後にダライ・ラマ六世と認定される運命にあった子供は、ヒマラヤ山脈東端近くの南麓《なんろく》、現在のインドのアルナーチャル・プラデーシュ州のタワンというところに一六八三年に生まれた。北のチベット国境(中国とインドとの間で現在も係争中で確定されていない)からも、西のブータン国境からも二日行程ほどのところである。当時この地方には、中央ブータン生まれの著名な埋蔵法典発掘僧(テルトン)ペマ・リンパ(一四五〇—一五二一)の子孫が定住しており、彼もその家系に生まれた。それゆえに彼はブータン人の血を引いており、現在までヒマラヤ山脈南麓に生まれた唯一のダライ・ラマである。このことは、成人してからの彼の行動を理解する上で重要なことである。ヒマラヤ山脈北側の極寒の高地に位置するチベットと、同じくチベット仏教圏に属しながらも、モンスーンがあり温暖なブータン、アルナーチャル・プラデーシュ州とでは、気候、植性、動物相といった自然条件がまったく異なり、それに伴い住民の気質、風習、食事といったことすべてが違っている。

生後三年ほどして、摂政サンギェ・ギャンツォはこの子供を「偉大な五世」の化身であると認定した。しかし当時はまだ「偉大な五世」の死が公表されていなかったので、表向きは別の高僧の化身として、子供は両親、召使い一人と共に極秘にヒマラヤ山脈を越えて数日行程のところにあるチベット国内のツォナという寒村に連れてこられた。ここで彼は十年余を過ごすことになったが、その間に摂政から派遣された個人教師によって、一種の英才教育を受けた。その教材の中にはダライ・ラマ五世の『自伝』や『秘密の伝記』も含まれていたが、自分がその化身であると知らされていなかった幼い子供には、訳のわからない押しつけ教育としか映らなかったであろうことは想像に難くない。また、これが後年公にダライ・ラマ六世となってからの、彼の反発の理由の一つであったであろう。

子供が「偉大な五世」の化身であると家族に伝えられたのは一六九六年のことであり、瞑想中とされていた「偉大な五世」が実はすでに逝去していたことと同時に公表されたのは翌九七年であった。子供はすでに数えで十五歳であり、当時からすればすでに立派な成人であった。一般チベット人信者は、それが摂政サンギェ・ギャンツォの陰謀であったとはまったく疑うこともなく、「日没(五世の死)の悲しみを味わうこととなく、日の出(六世の出現)の喜びだけを味わえた」と歓喜した。

ダライ・ラマ六世はこうしてツォナからラサへ旅立ったが、その途中で父親は急逝した。悲しみの中、パンチェン・ラマ五世、法名ロサン・イェシェ(一六六三—一七三七)から沙弥戒《しゃみかい》を授けられ見習い僧となった。その後ダライ・ラマの居城であるポタラ宮殿に招かれ、政府高官、仏教界の諸代表、モンゴル諸侯、清朝の康熙帝《こうきてい》(一六五四—一七二二、在位一六六一—一七二二)の名代の見守る中、ダライ・ラマ六世として正式に玉座に就いた。

それまで外部の者とはほとんど接触がなく、孤独の中で育ってきたとも言える子供は、一挙に公衆のまっただ中に放り込まれた。チベット仏教界の最高権威として、厳かな儀式をこなし、民衆に祝福を与える一方で、パンチェン・ラマ五世、摂政サンギェ・ギャンツォ、その他選び抜かれた学僧の監督・指導の下に、ダライ・ラマとしての長い厳しい修行が始まった。それは彼のそれまでの生活とはあまりにもかけ離れたものであると同時に、南のブータン人の血が流れる彼の気質には合わないものであった。彼は型式張ったことを好まず、高慢なところがなく、質素で、召使いも使わずに、自らお茶を淹《い》れるという簡素な生活を送った。そして長身紅顔の美少年は、僧侶としての修行には気乗りせず、ブータン人が得意とする弓技や屋外での遊戯を好んだ。

一般に化身は、幼少の時から自分が住持である寺（ダライ・ラマの場合はゲルク派全体、さらにはチベット国）の次の数十年間を一身に担う存在として、英才教育を受ける。両親の許《もと》を離れ、僧侶に囲まれ、まったく俗世とは異なった世界で養育され、宗教指導者としての人格を形成していく。稀《まれ》にその重圧に耐えられない化身もいるが、ほとんどの場合には周囲の周到な配慮により、宗教的カリスマを具《そな》えたリンポチェ（宝）と呼ばれ、民衆の崇拝を一身に受ける僧侶として育っていく。化身は、生まれつきのものではあるが、それ以上に養育されるものである。

ところがダライ・ラマ六世の場合は、その特殊な歴史的背景から、幼少期の養育が十分になされなかった。経典などの手解《てほど》きはある程度受けたにせよ、彼は両親と一緒に普通の生活を送りながら成人した。その彼にとっては、突如として降りかかってきた観音菩薩《かんのんぼさつ》の化身としての、チベット仏教界の最高権威としての役職があまりに重荷であったことは当然である。

一七〇二年に数え年二十歳となり、見習い僧ではなく正式な僧侶として具足戒を授かる歳となった。ところが彼は、それを拒んだばかりか、五年前に見習い僧として授かった沙弥戒も返上すると言い出し、それが許されなければ自殺するとまで主張した。周囲の説得にもかかわらず、主張を曲げず、僧衣を棄てて、還俗《げんぞく》した。ダライ・ラマ史上初めてであり、今に至るまで唯一の例外である。

未曽有《みぞう》の事態に、どう対処すべきかに周りが戸惑う間にも、還俗したダライ・ラマ六世はポタラ宮殿に住み続け、

ポタラ宮でのお名前は

ツァンヤン・ギャンツォ修行僧
ラサの下町ショルにては
放蕩《ほうとう》ダンサン・ワンポなり　(45)

とあるように、ポタラ宮殿の麓《ふもと》のショル界隈《かいわい》で、そしてラサの街で、夜な夜な酒を飲み歩き、女と密会を重ねるようになり、人々の噂になり始めた。このことは、奇《く》しくもこの十数年後の一七一六年三月から二一年四月までの約五年間を中央チベットに滞在したイエズス会宣教師イッポリト・デシデリ(一六八四—一七三三)が自らの伝聞に基づく貴重な証言を残している(F・デ・フィリッピ編『チベットの報告』全二冊、薬師義美訳、東洋文庫、平凡社、一九九一、九二年)。それによれば(原文のままではなく、適宜表現を変え、要約した)、

ダライ・ラマ六世は、放蕩の若者となり、あらゆる非行癖をもち、全く堕落しきって、救い難いものになっていた。彼は頭髪に気をつかい、酒を飲み、賭けごとを始め、とうとう娘や人妻、美貌《びぼう》の男も女も、彼の見境のない不品行から逃れ

ることは難しくなった。

道の北側に庭園がある。そこには、大量の金とたいへん美しい色を使って描かれた素晴らしい絵を飾った立派な宮殿がある。これは、ダライ・ラマ六世が建て、庭園も彼が設計したものである。彼はチベットの貴婦人方と楽しく遊ぶために、そこに出かけるのが常であった。

チベット王ラサン・ハーン(一七一七年没)は分別のある忠告をし、ついで厳しく叱責《しっせき》して、そうした放蕩を正そうと試みた。しかしそれが無益なことを知って、厳しい処置を講じることを決心した。そのことを中国皇帝(康熙帝)に知らせて同意を得てから、ダライ・ラマ六世をラサから退去させ、信頼できるモンゴル人を護衛につけ、強制的に中国の方に赴かせた。

すなわちラサン・ハーンは、チベット仏教界の最高権威であるダライ・ラマらしからぬ振る舞いをする六世は、本当のダライ・ラマではないと主張し、康熙帝自らにその真偽を検証してもらうために、北京に送ろうとした。しかし彼を本当のダライ・ラマと信じて疑わない僧俗は、大挙して押しかけ、いったんはダライ・ラマ六世をモンゴル人護衛団から奪い返しデプン寺に立《た》て籠《こも》った。流血の事態がもはや避けられそうになくなった時、それを回避するためにダライ・ラマ六世は、「自分はチベットに戻るであろうから、愛するチベット人たちに悲しまないように告げよ」と従者に命じ、自らモンゴル人護衛団に身を委《ゆだ》ねた。今となってはあまりにも有名な

真白《ましろ》き鶴よ心あらば
我に翼を貸せよかし
遠くに飛ぶにあらずして
理塘《リタン》を巡りて帰りこん　(100)

は、ダライ・ラマ六世がこの時に詠《よ》んだ辞世の句とされている(しかし注で述べたように、これは時系列的には前後関係が矛盾したアナクロニズムである。実際にはこの歌は理塘で生まれた子供がダライ・ラマ七世と認定されて以後に歌われるようになったものであろう)。

いずれにせよ、ラサを後にした護衛団が青海湖の南のクンガ・ノール湖畔に着いた時、「ダライ・ラマ六世を処刑せよというラサン・ハーンの命令が実行された」。

一七〇六年のことで、ダライ・ラマ六世は二十三年という短い生涯を閉じた。死因に関しては、中国資料もチベット資料も病死と伝えているが、デシデリははっきりと処刑されたと記しとどめている。

いずれにせよ、ツァンヤン・ギャンツォはダライ・ラマ六世としては廃位され、翌一七〇七年には「偉大な五世」の没後四年の一六八六年生まれで、すでに二十一歳になっていた僧侶が、その真正な化身として「新」ダライ・ラマ六世、法名ンガワン・イエシェ・ギャンツォとして認定された。しかしながら、最高権威であるダライ・ラマの化身としての正統性が問題となった時点で、求心権威を失ったチベット、モンゴル、清朝中国を含む広大なチベット仏教世界は政治的に空白となり、不安定となった。新たな安定のためには、誰の目にも信憑性《しんぴょうせい》のある新たなダライ・ラマが必要であった。

そうした中で、再びデシデリの証言に戻ると、

一方、中国・チベット国境地帯に幼い子供が生まれ、「自分はラサン・ハーンによって殺害されたチベットの大ラマであり、死ぬ前に約束した通り、再びこの世に生まれてきた。ラサの大ラマの玉座は自分のものであり、自分が望むのは、

わが愛する門弟たちに会い、現在の不幸な状況から彼らを救い出すことである」

と宣言したという噂が広まった。

この子供こそが、ダライ・ラマ六世の死後一年半ほどして理塘に生まれ、後にダライ・ラマ七世、法名ケサン・ギャンツォ（一七〇八―一七五七）として正式に認定された化身である。しかしながら、当時の錯綜《さくそう》した状況では、そもそも彼は一七〇六年に亡くなったダライ・ラマ六世の化身で七世なのか、それともダライ・ラマ六世は誤って認定されたのであるから、彼こそが正真正銘の六世なのかすら明らかではなかった。清朝、モンゴル諸部族、チベットの諸勢力の思惑が異なり、事態は混迷したが、どの勢力も彼を新たなダライ・ラマとして認定し、政治的に利用しようとしたことに変わりはない。こうした中で、康熙帝は一七二〇年に彼をラサに護送し、ダライ・ラマ七世としてポタラ宮殿の玉座に就けた。当然のこととして、ラサン・ハーンによって擁立された「新」ダライ・ラマ六世は廃位に追い込まれた。彼がその後五年間ほどの余生をどのようにして送ったかは詳《つまび》らかではないが、一七二五年に亡くなった。これによってダライ・ラマの真贋《しんがん》問題は決着すると同時に、中国のチベットに対する「宗主権」が始まり、以後の中国・チベット関係の礎が築かれた。

先にダライ・ラマ六世は一七〇六年に処刑された(病死した)と記したが、実はまったく異なった伝承がある。日本には、悲運の最期《さいご》を遂げた源義経(一一五九―一一八九)が海を渡ってモンゴルに逃れ、その地で生きながらえたという「義経伝説」があるように、ダライ・ラマ六世にも『秘密の伝記』がある。それによれば、彼はクンガ・ノール湖畔で亡くなったのではなく、奇しくも義経と同じく、モンゴルの地に逃れ、そこで一七四六年まで生きながらえ、六十三歳で他界したとされる。彼はンガワン・チュタクの名でモンゴル、中国、インド、チベットを巡礼し、最後はゴビ砂漠の南のアラシャン地方に落ち着き、一寺を建立した。この間、自らの前半生がダライ・ラマ六世であったことは誰からも見破られることなく、各地で民衆を教化した。これが事実だとすれば、還俗して放蕩生活を送った前半生とはうって変わった、観音菩薩の化身としてのダライ・ラマにふさわしい後半生ということになる。彼の没後、この寺には新たな化身系譜が生まれ、六世ンガワン・ダンサン・ティンレ・ギャンツォ(一九〇一―一九五九)まで続いた。

七世紀に始まり以後十数世紀の長きにわたるチベットの全歴史を通じて、ダライ・ラマ六世ほど稀有《けう》な人生を送った人物は他にいないであろう。チベット仏教界の最高権威であるダライ・ラマの化身として認定されながら、成人するやいなや還俗し、ラサの街に浮名を流し、廃位され、二十年余りの短い生涯を閉じた(あるいは、廃位後は一僧侶としてまったく異なった後半生を送った)。その特異な生き方にも拘《かか》わらず、あるいはそれゆえに、彼が残した(むしろ彼に仮託された)恋愛詩は、現在に至るまで広大なチベット語圏の人々に広く愛唱されており、彼は歴代ダライ・ラマの中で最もチベット人に親しまれているダライ・ラマである。

二〇二三年二月

解説二　ダライ・ラマ六世恋愛詩の特徴

海老原志穂

チベットの宗教的、そして政治的最高権威であるダライ・ラマの座に就きながらも、その禁欲的な生活になじめず還俗《げんぞく》し、ラサの街で放蕩《ほうとう》にふけった六世ことツァンヤン・ギャンツォ。最期《さいご》は不可解な死を遂げた彼は、歴代ダライ・ラマの中で最も数奇な運命をたどった人物であるが、彼の（あるいは彼のものと伝えられる）恋愛詩は、現在でもチベット人によって口ずさまれ、現代詩人にも発想の源となり、若者のラブレターにも引用されつづけている。三世紀余りを経て今なお人々を惹《ひ》きつけてやまないダライ・ラマ六世恋愛詩の魅力とはいったいなんなのだろうか。この解説ではまず、本書に収録されている詩に関する文献学的情報について述べた後、詩の内容的な面と形式的な面の両面からその魅力に迫る。特に詩の形式の考察では、古代チベット詩から現代詩までの変遷をたどりながら、その中にダライ・ラマ六世恋愛詩を位置づけることを試みたい。

一　本書について

現在、ダライ・ラマ六世が詠《よ》んだ、あるいは彼に仮託された恋愛詩に関しては複数の伝本が木版または写本の形で伝えられている。その中で最も知られているものは、六十六首が収録されている于道泉編集の『第六代達頼喇嘛倉洋嘉錯情歌』(一九三〇年)の底本でもある「ラサ街版《まちばん》」である。それ以降に出版された書籍の中にもこの版を底本としているものが多い一方で、収録された詩の数が四百五十九首にのぼる伝本も存在する。本書では、研究者の視点から十一の伝本を包括的、批判的に検討したソレンセン氏による校訂本『世俗化された神——ダライ・ラマ六世に仮託された歌の性質と形式に関する研究(*Divinity Secularized: An Inquiry into the Nature and Form of the Songs Ascribed to the Sixth Dalai Lama*)』(一九九〇年)を参照した。

二〇〇七年にトランスビューより出版された今枝由郎氏編訳の『ダライ・ラマ六世恋愛彷徨詩集』では、于道泉編集のラサ本を底本とし、六十六首のみを収録していたが、本書ではそれには収録されていない三十四首を新たに選び百首とした。訳出にあたっては、今枝既訳六十六首もあらためて原文とつきあわせて検討し直し、一部修正を行った。

詩の配列は、伝本やこれまでの出版物に依拠せず、編訳者が独自にアレンジしたものである。全体としては、類似した内容の詩はまとめて配置することとし、遠くにいる恋人への恋慕、通じ合う心、夜半の逢瀬《おうせ》、心変わりや気持ちのすれ違い、離別、再会の誓い・願い、といった恋愛の諸相ごとにまとめた。しかし当然ながら、厳密に分類できるものではなく、詩集として通読した際に違和感のない配列を心がけた。そして最後は、ダライ・ラマ六世が自らの転生地を予言した辞世の句とされる「真白き鶴よ……」という、かの有名な詩で詩集を閉じることにした。

ダライ・ラマ六世恋愛詩として一般に広まっているこれらの詩が、実際にダライ・ラマ六世自身の手で書かれたものなのか、それとも彼に仮託して誰か他の人(たち)が詠んだものが「伝ダライ・ラマ六世作」として流布しているのかは定かではない。最新の研究によると、ダライ・ラマ六世恋愛詩は当時巷《ちまた》で流行《はや》っていた歌の形式を踏襲はしているが、六世自身が伝統的な詩に新たな息吹を吹き込んだ可能性も否定できない。現時点では、詩の一部はダライ・ラマ六世自身によるものかもしれないが、多くは仮託して詠まれたものであると考えるのが無難であろう。

二　ダライ・ラマ六世恋愛詩の内容的特徴

ダライ・ラマ六世恋愛詩には、荒涼としたチベット高原にはないむっと立ち込める暖かい湿気のようなものが感じられる。詩の多くに、ダライ・ラマ六世の故郷、ヒマラヤ南麓《なんろく》のモンの国（現在のインド・アルナーチャル・プラデーシュ州、およびブータン）の事物への言及があることがその大きな要因であろう。標高四千メートル前後の中央チベットの多くの地域には、冷涼かつ乾燥した草原が広がっているため、木にたわわに実った果物や、風にそよぐ柳、森の中でさえずる小鳥たちの姿を見かけることはない。それに比べ、標高が低く、モンスーンも訪れる亜熱帯性の気候にめぐまれたヒマラヤ南麓は植生も大きく異なり、そこに生息する動物たちも様相を大きく異にする。

また、動植物だけでなく、チベット文化圏の中とはいえども、人々の服装、慣習、食事なども独特であり、これらの風土・習慣の違う地域を詠《うた》ったダライ・ラマ六世恋愛詩には異国情緒すらただよう。桃やマンゴー、りんごが木に実り、胡桃《くるみ》の木には花が咲く。葵《あおい》やシャクナゲ、風鈴草といった花々には蜂などの虫たちが飛び交い、竹の林は風に吹かれ揺れる。水辺には白鳥やオグロヅルが降り立ち、鷹《たか》、孔雀《くじゃく》の他、鸚鵡《おうむ》、ツグミ、カッコー、ホオジロ、ほととぎすといった小鳥たちが木々の間にたわむれる。同じチベット文化圏でありながらも、南国的な風情ただよう情景に、チベット人はあこがれ、心惹かれてきたことであろう。

チベット詩の中では、「恋愛詩」というジャンルは特にない。ダライ・ラマ六世恋愛詩もチベットでは単に「ル(歌)」や、「グル(宗教歌)」というジャンルで呼ばれている。歌垣などの民謡を除けば、一般にチベット文学で「恋愛」というテーマが扱われることは、一九八〇年代に現代文学が生まれるまではまったくなかったと言っても過言ではない。その現代文学においても、エロティックな表現に対するタブーは非常に強く、最近になってようやく、性的表現を含む詩も多少見られるようになってきた。このような文化的土壌の中では、ダライ・ラマ六世に仮託することによってのみ、恋愛や性行為をほのめかす文学的表現が可能となっていたという事情も見逃せない。また、この恋愛詩の場合には一般の男女の恋愛ではなく、手の届かぬ最高権威者であるはずのダライ・ラマが、仏教修行中にもかかわらず娘たちを想って身をもだえさせ、夜な夜な彼女らの家を訪れ契りを結ぶというのだから、読者の背徳的な快楽を刺激し、一種のカタルシスを提供してきたと言うこともできるかもしれない。

三　ダライ・ラマ六世恋愛詩の形式的特徴

次に、この恋愛詩の形式的な側面についてもみていきたい。チベット人は「詩の民族」である、と言われることがある。文法も、医学も、工芸も、そして仏教、歴史、伝記、さらには政治にいたるまで、チベットではあらゆるものが詩の形式で表現されてきた。チベットにおいて詩は、文学の最も重要な一分野であるだけでなく、各学問分野の内容を理解しやすく、暗誦《あんしょう》しやすくするための形式として広く利用されてきたのである。詩は、古代チベット期(七世紀から九世紀半ば)より書き続けられており、その形式は時代によって変遷を経てきた。そこには、インドの文学理論や仏教思想の大きな影響もあった。そこで以下では、古代の詩、インドの影響を受けた美文詩、中世の宗教詩(道歌)、そして、現代詩の順に、その形式的な変遷を追い、そこにダライ・ラマ六世恋愛詩を位置づけてみたい。

(一) 独特のリズムをもつ古代チベット詩

二十世紀初頭、シルクロードの東西の分岐点にあたるオアシス都市、敦煌《とんこう》(現在の中国甘粛省)において、石窟《せっくつ》の中から数万点におよぶ古文書が発見された。それらの文書はシルクロードに関連する各種言語で書かれており、チベット語文献も多く含まれている。これらの文献からは古代チベット期における詩の様相をうかがい知ることができる。古代チベット詩にもいくつかの形式があるが、最も典型的なのは六音節の句が二行(または三行)まとまった詩節からなるものである。その代表的な例として、以下に『古代チベットクロニクル』からその一節を引用する。

je nye ni　　je nye na/
近くにぞ　　より近く

yar pa ni　dgung dang nye/
ヤルパこそ　天に近けれ
dgung skar ni　si li li//
天の星ぞ　シリリ

je nye (ni)　je nye na/
近くにぞ　より近く
gla skar ni　brag dang nye/
ラカルこそ　岩に近けれ
brag skar ni　si li li/
岩の星ぞ　シリリ

sdur ba ni　chab dang nye/
ドゥルワこそ　河に近けれ
gyur sram ni　pyo la la'//

かわうそぞ　ピョララ

nyen kar ni　dog dang nye/
ニエンカルこそ　地に近けれ
'bras drug ni　si li li/
数多《あまた》の果実ぞ　シリリ

mal tro ni　klum dang nye/
メルトこそ　ルムに近けれ
skyi bser ni　spu ru ru/
肌さす風ぞ　プルル

この詩は、名乗り合いの際に歌われたもので、相手に向かって、自らの出身地の豊かさを褒め称え、誇示する内容となっている。詩の形式的な特徴を三点挙げてみよう。

まず、「○○○　○○○(三音節・三音節)」という短く区切られた歯切れのよいリズムの六音節の句が二行(または三行)で詩節をなし、同じパターンの詩節が繰り返されている点が一つ目の特徴である。インド詩や漢詩など、近隣の文化圏の文学作品にみられる頭韻、脚韻といった押韻は用いられず、この「○○○　○○○」というリズムだけで詩の流れが作られている。

二つ目の特徴は句の前半の三音節目に「ニ(ni)」という助詞が使われている点である。この助詞は、チベット語において「提題、取り立て」を表わす文法的機能をもっており、日本語でたとえると、現代語の副助詞「は」や、古文の係り結びの際の「ぞ、なむ、や、か、こそ」に近い役割を果たしている。この助詞によって、主題が強調され、詩に軽やかなリズムが与えられている。この助詞は、古代中国の宗教儀礼書にみられる助辞「兮《けい》」と機能が似ていることが指摘されている。

そして三つ目の特徴は、「シリリ」「ピョララ」「プルル」といった三音節のオノマトペの使用が一貫してみられるという点である。オノマトペについては具体的なことはわかっていないが、それぞれの表現が特定の現象の音やその様態といった擬音、擬態の役割を果たしていることは確かである。例えば、「キリリ」は女性の流し目、疾風、高波、虹《にじ》、雷などに、「キュルル」は笑い声や歌に、「タララ」は木靴の音、雲のように集合した兵士の群れや黒い毒に、「メレレ」は群衆、大洋、星に用いられる表現であると言われている。

全体として、簡潔で直截な表現、天、星、岩といった自然の事物への言及、区切りの助詞「ニ(ni)」、一連の三音節のオノマトペが、詩に臨場感や躍動感のあるリズムを与え、詩の美しさを形作っていることがわかる。

(二) 仏教を介してのインド文学の影響

独特のリズムをもった古代チベット詩も、八世紀以降の仏教の普及とともにインド文学の影響を受けることとなった。内容的な影響はさることながら、形式的には、七音節や九音節といった奇数音節の詩脚が四つでひとまとまりをなす定型詩が現われるようになった。

この形式は、インドのサンスクリット詩のシュローカ(八音節×四行＝三十二音節)にならったものである。本格的にインドの影響を受けた美文詩が書かれるようになるのは、インド文学理論書の『詩鏡(*Kāvyādarśa*)』がチベットで紹介された十三世紀以降になるが、敦煌の石窟から発見された敦煌文書にも、インド的特徴をもつ七音節詩がみられる。

ri mtho　sa gtsang　gangs ri dbus/
　山高く、地清く、雪山の中心
chu bo　rlung cen　’bab gyi mgo/
　川と大風が生まれる源
bod kha　g-ya’s drug　sa ’i sgang/
　六区画に分かれたチベットの地の丘
lha gnas　yul dbyig　dkyil ’di na/
　神の居場所である地の宝の真ん中で
myi rje　lha mdzad　gtsug myi ’gyurd//
　人の長を神がなさり、礎《ツク》は変わらず

右の詩の一節は、七音節詩ではあるものの、「○○　○○　○○○」という短く刻まれたリズムに、古代の簡潔な六音節詩の名残りがみられる。

十一世紀以後、仏教の普及とともに、チベット詩はインドのサンスクリット詩の技巧に本格的に影響を受けることとなった。インドの文学者ダンディンが七世紀に著した詩論書『詩鏡』が、チベット仏教学僧サキャ・パンディタ・クンガ・ゲルツェン（一一八二―一二五一）によって本格的に紹介されたことがそのきっかけとなった。サキャ・パンディタ自身は『詩鏡』の全訳は行わず、主要部分とともに、その中の多くの詩をチベット語に翻訳し紹介するにとどまった。この学僧は、詩学の他、論理学、文法学、医学、占星術といった多岐にわたる分野で多くの著作を残した人物である。チベットの民衆に最も知られた著作は『サキャ格言集』（今枝訳）という道徳的な格言を四百句以上集めたものである。各々の格言は、続く引用からもわかるように、美文詩と同様に七音節四行の形式をとっている。

yon tan　skyon gnyis　sus kyang gsal/
善と悪とは誰にでも分かる
'dres pa　'byed shes　mkhas pa yin/
混ざった時に区別できるのが賢者である

chu las　’o ma　ngang pas phye/
牛の乳を搾《しぼ》るのは誰にでもできるが
ba las　’o ma　kun gyis long//
ガチョウは水から乳を分ける

chen po　rnams kyis　mchod bya ba/
偉大な人が供養するものを
dman pa　rnams kyis　brnyas par ’gyur/
劣った人は馬鹿にする
dbang phyug　chen po’i　spyi bo’i rgyan/
シヴァ神の頭の飾りである月を
zla ba　lha min　zas su byed//
アスラは食べ物にする

（今枝訳）

右に引用した二つの格言からも、これらの作品に現われる喩《たと》えがインドの伝統に強く影響を受けていることが見てとれる。この格言集は、チベット語の代表的な古典作品であるだけでなく、規範的な作品ともされ、学者のみならず、民衆の間にも広まっていくこととなった。サキャ・パンディタ・クンガ・ゲルツェンはこのように、インドの文学理論の紹介を行っただけでなく、人口に膾炙《かいしゃ》するようになった格言を通して、インド的な伝統をチベットに浸透させていったのである。

その後、『詩鏡』は十三世紀にはチベット語に全訳された。それにより、チベットにおいて、サンスクリット詩を手本とする美文詩の伝統が形成され、今日にいたるまで学僧によって継承されている。

チベットにおいて、学問の中心にいたのは僧侶たちであった。チベット仏教最大宗派(ゲルク派)の創始者であるツォンカパ(一三五七―一四一九)や、ダライ・ラマ五世といった学僧らは、『詩鏡』にのっとった美文詩の形式で多くの著作を残し、仏典、歴史書といった各種の文学作品もこの形式で書かれることになった。

比喩や重《かさ》ね詞《ことば》、母音の一致といった多くの修辞法が体系化された美文詩の理論については本解説では詳しく扱わないが、詩の一例として、ツォンカパの『縁起讃《えんぎさん》』の一節(第四十九—五十一詩節)を引用したい。この一節は、ツォンカパがナーガールジュナ(龍樹)やチャンドラキールティ(月称)の註釈にもとづき、仏陀の究極の見解を見出すにいたる様《さま》と、その境地へと導いてくれた尊師(文殊菩薩《もんじゅぼさつ》や、夢の中に現われたブッダパーリタ(仏護))への感謝をつづった内容である。

khyod kyi　bla med　theg pa’i tshul/
　貴方の無上乗の理論を
yod dang　med pa’i　mtha’ spangs te/
　有辺と無辺をそれぞれ断じながら
ji bzhin　’grel par　lung bstan pa/
　正しく註釈すると予言されている
klu sgrub　gzhung lugs　kun da’i tshal//
　ナーガールジュナの思想の蓮華の庭園を
dri med　mkhyen pa’i　dkyil ’khor rgyas/

無垢の智慧の円が大きく満ちて
gsung rab　mkha’ la　thogs med rgyu/
教説の天空を自由に駆け回り
mthar ’dzin　snying gi　mun pa sel/
偏執という心の闇を取り除き
log smra’i　rgyu skar　zil gnon pa/
邪説という星々を圧倒する

dpal ldan　zla ba’i　legs bshad kyi/
吉祥なるチャンドラ（月）の善説の
’od dkar　’phreng bas　gsal byas pa/
白い光の連なりが明るく照らすのを
bla ma’i　drin gyis　mthong ba’i tshe/
尊師のおかげで見出した時
bdag gi　yid kyis　ngal gso thob//

私の意識は安らぎを得た　（根本訳）

形式としては七音節の四行がひとつの詩節をなし、この中では、ナーガールジュナの思想が蓮華の庭園に、チャンドラキールティ（月称）が庭園を照らす月（「ダワ」zla ba）に喩えられている。この「ダワ」には二重の意味が込められており、隠喩である「月」と隠喩によって指示される対象である「チャンドラキールティ（月称）」の両方を指している。この技法は、『詩鏡』に説かれる「掛詞《かけことば》を用いた隠喩」にあたる。

インドの文学理論の影響を受けた美文詩はその後、僧院教育を中心にチベットにおける伝統的な教養として知識層によって継承されていくこととなる。このように、七百年以上にわたって、『詩鏡』を学んで、その規則にのっとった美文詩を書くということが知識人の教養でありつづけた。

(三) チベット的な伝統を受け継ぐ宗教詩

チベット社会は十一世紀以後、政治、宗教、文学などあらゆる面で仏教一色となって発展していった。文学においても、扱われる主題は仏教に限られてくるが、インド仏教の影響を受けながらも、古代からの詩の形は綿々と受け継がれていった。多くの僧は、悟りにいたるまでの自身の修行過程を「グル」と呼ばれる宗教詩(道歌)の形で表現した。形式的には六音節、または、美文詩と同じ七音節、九音節を基本とし、二行で詩節をなす定型詩である。これらの詩のうち最も代表的なものは、チベット仏教カギュ派の行者で宗教詩人であるミラレパ(一〇四〇―一一二三)のものである。ミラレパは寺院に所属する僧侶ではなく、師のもとでインド伝来のタントラを学び、各地を遍歴遊行し、瞑想修行によって悟りを得た。そのミラレパが自身の体験を歌った『グルブム(十万歌)』(十五世紀編纂《へんさん》)から二節を引用しよう。

steng na　lho sprin　khor ma khor/
　上には、南の雲がうずをまき
'og na　gtsang chab　gya ma gyu/
　下には、澄んだ川が波をうち
bar na　rgod po　lang ma ling/

ふたつの間を鷲が舞う

rtsi shing　sna tshogs　ban ma bun/
千種の草々《くさぐさ》まじりあい
ljon shing　gar stabs　shigs se shigs//
樹々もダンスの仕種《しぐさ》する

bung ba　glu len　kho ro ro/
蜜蜂は歌う、コロロ
me tog　dri ngad　chi li li/
花はかぐわし、チリリ
bya rnams　skad snyan　kyu ru ru//
鳥はさえずる、キュルル

（中略）

mi　nga dag　nga rang　mi zer te/
わが身の上に　語るべきことはなけれど
nga ni　dka' brgyud　bla ma'i sras//
われは　正伝の譜をつぐグルの　その息子

a ma'i　mngal nas　dad pa skyes/
母の胎にありて　わが信仰の生れたりしよりこのかた
phrug gu'i　lo la　chos sgor zhugs/
幼児期《おさなきおり》の幾年《いくとせ》を　法にひたりて過しやり
thong ba'i　lo la　slob gnyer byas//
青春期《わかきひ》は　学僧として　学びて果つ

（山口・定方訳　一部改変）

前の節は七音節の句が連なり音節数的には美文詩に近いが、敦煌文書の古代チベット詩にもみられる三音節のオノマトペや、躍動的なリズム、自然や動物を用いた隠喩が見てとれる。また、後の節は、七音節と、一行のみ冒頭に一音節を加えた八音節の句で構成され、「(○) ○○ ○○ ○○○」という短いテンポで修辞に依ることなく実体験をつづったスタイルが印象的である。

ミラレパは今日にいたるまでチベット人に非常に人気のある詩人だが、その理由のひとつは、インドという外国からもたらされた深淵な教えであるタントラを、チベットの人々にとって身近な伝統詩の形式で表現し、それが民衆に親しみをもって受け入れられたということにあるようだ。ミラレパによって広まった宗教詩の創作は、チベット仏教ドゥク派のブータン僧ドゥクパ・クンレー(一四五五―一五二九)といった、後世の宗教行者や学者にも影響を与えた。

㈣ ダライ・ラマ六世恋愛詩

本書に収録されたダライ・ラマ六世恋愛詩は、インドの影響を受けた仏教美文詩とはかなり異なり、分類としては伝統的な詩形式に属する。しかし、「ニ(ni)」という提題の助詞や、三音節でリズムをつくる古代チベット詩の流れとは、出自が異なるようである。ダライ・ラマ六世恋愛詩は、まれに六行または八行のこともあるが、原則として六音節四行でひとつの詩をなす。この四行という簡潔な詩形は、漢詩の絶句のようでもあり、インドのシュローカのようでもある。六音節四行詩という素朴な感じのするこの形式は、もともとはチベット固有の民謡形態に由来するものの、後にチベットでは廃れ、チベット文化圏南端のブータンで今なお受け継がれている。つまり、ブータン人の血が流れるダライ・ラマ六世がこの形式で恋愛詩を詠んだ(または仮託して詠まれた)ことには彼の出自との深い関係性がある。以下にブータンの民間で歌われていた民謡を記録した歌詞の翻訳をいくつか引用しよう。原文はいずれもダライ・ラマ六世恋愛詩と同じ、六音節四行である。

山に雪の降りけるは
人皆これを知るところ
二人の心結ばれし
人これを知る人ぞなき

愛しき君はかなたへと
悲しみこなた忍び来る
愛しき人よ我が許に
悲しみ遠く去れよかし

真白き紙に書かれたる
黄金《こがね》色なる文《ふみ》の文字
愛しき君の書きし文
人えも知らぬ秘め事ぞ

ポタラ宮の頂に
金のラッパの鳴り響き
誰《た》が吹ける響きぞや
聴けば心に傷《いた》み沁《し》む

（今枝訳）

次に、ダライ・ラマ六世恋愛詩のひとつを原文とともに取り上げ、その形式的な特徴について詳しく述べよう。

shar phyogs　ri bo’i　rtse nas/
東の山の頂に
dkar gsal　zla ba　shar byung/
皓々《こうこう》白く月昇り
ma skyes　a ma’i　zhal ras/
かの乙女子《おとめご》が面影《おもかげ》は
yid la　’khor ’khor　byas byung//
我が心にぞ現わるる　(3)

原文のローマナイズ表記で少し大きくスペースを空けて示したように、六音節の一行は「○○　○○　○○」と二音節ずつ区切られており、歯切れのよい口調となっている。一行目最後の「ネー(nas)」と三行目最後の「レー(ras)」は同母音の音節で、二行目と四行目の最後が「チュン(byung)」という同じ助動詞でそろえられていることもわかる。ただし、行末の母音や末子音をそろえるのはダライ・ラマ六世恋愛詩に一貫してみられるものではなく、散発的にとられている特徴である。

(五) 現代詩による『詩鏡』支配からの解放

インド文学理論書の『詩鏡』が十三世紀にチベット語に翻訳されて以降、チベットにおける文学の主流は、チベット語とは言語系統の異なるサンスクリット詩という外来の文学理論にいわば「支配」され、それはチベットが新中国の傘下となって以降も同様であった。文化大革命が終わり、改革開放によって文芸活動や宗教活動にも復興、自由の兆しがみられるようになった。そんな一九八〇年代のゆるやかな雰囲気の中で研究と創作活動を行っていたのが、東北チベット出身のトンドゥプジャ(一九五三—一九八五)という青年であった。彼は、インド文学理論にもとづいた美文詩についても教授のもとで学びながら、『詩鏡』の影響を受けることなく詠まれた古代チベット詩やミラレパの宗教詩、ダライ・ラマ六世恋愛詩にチベット文学のもうひとつの隠された流れを見出し、『道歌源流』という著作に結実させた。小説家、詩人という一面ももつトンドゥプジャは、仏教説話ではない、市井の人々の喜びや悲しみ、恋愛、そして別れを、修辞技法を用いつつもチベット人の若者にも身近に感じられる読みやすい文体で描いた。また、詩の創作においては、定型にとらわれない自由詩によって、これからの新しい時代を切り拓いていこうとする情熱のほとばしる若者の気持ちを代弁した。自由詩を創作しようという気運は彼の活躍する前から徐々にチベットで高まっていたものであるが、チベットの文学シーンにおいてトンドゥプジャの活躍が非常にインパクトのあるものであるため、現代詩創出の代表人物としてここに紹介する。

以下に、トンドゥプジャ作品の代名詞とも言える自由詩「青春の滝」の一節を引用したい。

見るがいい！
　隊になって整列しているのは、有雪国チベットの新しき世代だ
聞くがいい！

足並みのそろった靴音は、有雪国チベットの若人たちのもの
　輝かしき大道
　勇壮なる責務
　幸福なる生活
　闘争の歌
滝の青春はたそがれを知らず
青春の滝もまた衰えを知らない
これぞ――
　有雪国チベットの若き世代の口からほとばしり出た青春の滝
これぞ――
　有雪国チベットの若き世代の心からあふれ出た青春の滝
（チベット文学研究会訳）

「これぞ」にあたる原文には、古代チベット詩でも使用されていた、提題の助詞「ニ(ni)」が用いられている。「見るがいい！」「聞くがいい！」といった動詞の命令

形と命令を表わす文末助詞のみで終わる短い句は詩に生命感を与え、同じ単語や表現の繰り返しによって心地よいリズムを生み出している。詩の特徴から、トンドゥプジャが古代詩を意識しつつも、現代詩と呼ぶにふさわしい新しいチベット詩の創造を企図していたことがわかる。

当時、高校生や大学生たちの間では彼の小説や詩が大変な流行となり、仲間同士で集まっては詩の朗読をし、トンドゥプジャにあこがれて創作活動をはじめる若者たちが現われた。この頃から勢いをみせる自由詩の隆盛は、その後は中国や外国経由のモダニズムの影響も受け、文体や形式上で多様な発展をみせた。しかし、その誕生の裏側では、古代チベット詩の時代から水面下で伝えられてきたリズムが、現代詩に命を吹き込んでいたのである。「青春の滝」では、古代チベット詩的な特徴がうまく組み込まれているが、一方で、六音節四行というダライ・ラマ六世恋愛詩の形式にのっとった現代詩も書かれている。以下は、現在活躍中の女性詩人カワ・ラモ（一九七七年生）の「消えないでほしいと思う」というタイトルの詩である。

rdo ba　gcig rtseg　gnyis 'jog/

一つ二つと石をつみ重ね
btsan po’i　mkhar zhig　grub yod/
王の城ができた
mkhar de　po ta la yin/
それがポタラ宮
’jig rgyu　med na　bsam byung//
消えないでほしいと思う

yi ge　gcig gsog　gnyis gsog/
一字二字と文字を書きつらね
rig pa’i　mdzod cig　grub yod/
文明の宝蔵ができた
bod yig　gser gyi　ri mo/
金の絵のようなチベット文字
’jig rgyu　med na　bsam byung//

消えないでほしいと思う

ya rabs　gcig ’dzoms　gnyis ’dzoms/
一人二人と善良な者たちが集い
’dzoms pa’i　gzhis shig　grub yod/
人々の集団ができた
bod pa’i　gzhis khyim　dron mo/
チベットのあたたかい家族
’jig rgyu　med na　bsam byung//
消えないでほしいと思う

（海老原訳）

現代文学の誕生は、古代チベット詩や宗教詩、ダライ・ラマ六世恋愛詩といった伝統的に培われてきた詩の形式に新たな命を吹き込むこととなった。

四　ダライ・ラマ六世恋愛詩の位置づけ

以上で概観してきたように、チベット詩は、インドの文学理論に影響を受けた美文詩が十三世紀から僧侶を中心とする知識層の教養として継承されたのに対し、短く区切られた構造と繰り返されるリズムによって成り立っている古代チベット詩が伏流として民衆の各種儀礼や相聞歌などに残りつづけていた。そして、ミラレパやドゥクパ・クンレーといった修行者らがこの形式で自らの修行体験や説法の内容を詠うことによって民衆に広く浸透することとなった。ダライ・ラマ六世恋愛詩はチベットやブータンの民謡に由来し、短く区切られた躍動感のある構造とリズムをもち、声に出して歌うことによって民衆に享受されてきた伝統詩の系統に属している。

その後、ダライ・ラマ六世恋愛詩にみられる六音節四行詩の形式はチベットでは姿を消し、チベット文化圏南端のブータンでのみ継承されることとなった。またそれ以外の形式は民間の供養儀礼の文句や婚礼の歌などに残った。このようにして、美文詩によって周辺に追いやられる形で、伝統的なチベット詩に由来する形式は文学や学問、政治の表舞台からはいったん姿を消すこととなった。しかしながら、三百年もの時を経て、一九八〇年代にトンドゥプジャがその隠された文学史を読み解き、自身の創作においても古代チベット詩を意識して新しい時代にふさわしいチベット現代詩を発表した。それにより、詩の創作や朗読が知識層と民衆の、そしてジェンダーの境界をこえて展開することとなった。多方面に展開をみせる現代詩ではあるが、その多様な詩の中に、力強く、そして時に軽やかな古代チベット詩や恋愛詩を思わせる一節に出会うことがある。現代の詩人たちは時に意識的に、時に無意識に、そのリズムを現代詩の中にも顕現させているのである。

五　おわりに

ダライ・ラマ六世恋愛詩は現在でも多くのチベット人によって朗読され、さまざまなメロディーに乗せて歌い継がれている。つい最近でも、コロナ禍でロックダウン中の心境を六音節四行の形式でつづったチベット語の詩がＳＮＳ上で話題になっていたそうだ。

この恋愛詩がチベットの民衆の心を惹きつけてやまない理由は、ヒマラヤ南麓の温暖な気候へのあこがれや、修行と恋愛の間で揺れ動く心情からにじみでる背徳的な味わいや甘美さだけではなく、声に出すことで身体《からだ》に刻まれてきたリズムにチベット人自身が響応してきたからにちがいない。

＊

ダライ・ラマ六世が残した（というよりは彼に仮託された「詠み人知らず」の）恋愛詩は、広大なチベット語圏の人々に現在でも広く愛唱されていますが、その数は正確にはわかりません。それらの中から百首を選んで、一つの詩集として刊行できたことを編訳者両名心から喜んでいます。

出版にあたっては、岩波書店文庫編集部の鈴木康之氏にひとかたならぬお世話になりました。氏の理解と熱意がなければ、本書の刊行はありえなかったでしょう。氏に深甚の謝意を表する次第です。

また、本書のために挿画を作成してくださった漫画家の蔵西氏にも深くお礼申し上げます。彼女のおかげで本書はチベット恋愛詩集にふさわしい装丁になりました。

本書が、アジアにおいて独自の存在意義をもつチベット文化に対する日本人の理解を深めることにいささかでも資するところがあれば、編訳者両名にとってこの上ない幸せです。

二〇二三年二月

参考文献

【邦文】

海老原志穂（編訳）『チベット女性詩集　現代チベットを代表する7人・27選』段々社、二〇二三年（近刊）。

大川謙作「トンドゥプジャとインド的伝統――チベット現代文学の誕生をめぐって」『中国21』第43巻、二〇一五年、二二三―二四四頁。

ゲンデュン・リンチェン（編）『ブータンの瘋狂聖　ドゥクパ・クンレー伝』今枝由郎訳、岩波文庫、二〇一七年。

『サキャ格言集』今枝由郎訳、岩波文庫、二〇〇二年。

R・A・スタン『チベットの文化　決定版』山口瑞鳳・定方晟訳、岩波書店、一九九三年。

ダライ・ラマ六世　ツァンヤン・ギャムツォ『ダライ・ラマ六世恋愛彷徨詩集』今枝由郎訳、トランスビュー、二〇〇七年。

トンドゥプジャ『チベット現代文学の曙　ここにも激しく躍動する生きた心臓がある』チベット文学研究会編訳、勉誠出版、二〇一二年。

根本裕史『ツォンカパの思想と文学――縁起讃を読む』平楽寺書店、二〇一六年。
山口瑞鳳『チベット』上巻、東京大学出版会、一九八七年。

【欧文】

José Ignacio Cabezón and Roger R. Jackson (eds.). *Tibetan Literature: Studies in Genre.* Ithaca: Snow Lion, 1996.
Lama Jabb. *Oral and Literary Continuities in Modern Tibetan Literature: The Inescapable Nation*. Lanham/Boulder/New York/London: Lexington Books, 2015.
Per K. Sørensen. *Divinity Secularized: An Inquiry into the Nature and Form of the Songs Ascribed to the Sixth Dalai Lama*. Wien: Arbeitskreis für Tibetische und Buddhistische Studien. Universität Wien, 1990.

【漢文】

于道泉(編)、趙元任(記音)『第六代達頼喇嘛倉洋嘉錯情歌』北平：國立中央研究院歴史語言研究所、一九三〇年。

チベット地図
青海湖
(ココ・ノール)
西寧
青海省
クンガ・ノール湖
甘粛省
黄　河
陝西省
中　華　人　民　共　和　国
デルゲ
(徳格)
チャムド
(昌都)
金沙江(揚子江)
メコン川
サルウィン川
バタン
(巴塘)
リタン
(理塘)
四川省
成都
貴州省
ミャンマー
雲南省
国境線
省境
国境未確定線

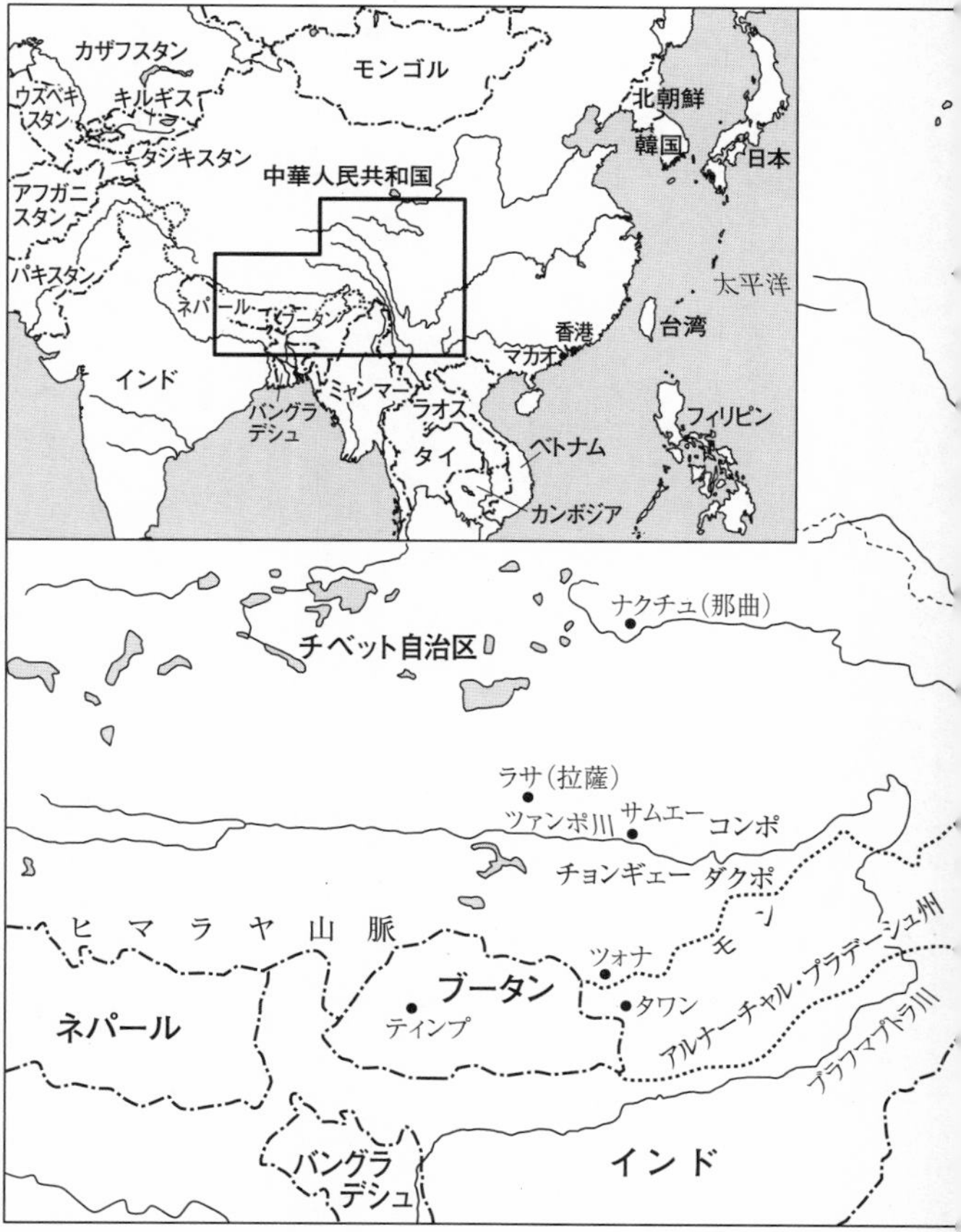
カザフスタン
モンゴル
ウズベキスタン
キルギス
タジキスタン
中華人民共和国
北朝鮮
韓国
日本
アフガニスタン
パキスタン
ネパール
ブータン
太平洋
香港
台湾
マカオ
インド
ミャンマー
バングラデシュ
ラオス
タイ
ベトナム
フィリピン
カンボジア
ナクチュ(那曲)
チベット自治区
ラサ(拉薩)
サムエー
ツァンポ川
コンポ
チョンギェー
ダクポ
ヒマラヤ山脈
モン
ツォナ
ブータン
ティンプ
タワン
ネパール
アルナーチャル・プラデーシュ州
ブラフマプトラ川
バングラデシュ
インド

ダライ・ラマ六世恋愛詩集《ろくせいれんあいししゅう》

2023年3月15日　第1刷発行

編訳者　今枝由郎《いまえだよしろう》　海老原志穂《えびはらしほ》

発行者　坂本政謙

発行所　株式会社　岩波書店
〒101-8002 東京都千代田区一ツ橋2-5-5

案内 03-5210-4000　営業部 03-5210-4111
文庫編集部 03-5210-4051
https://www.iwanami.co.jp/

印刷 製本・法令印刷　カバー・精興社

ISBN 978-4-00-320691-1　Printed in Japan

読書子に寄す

——岩波文庫発刊に際して——

岩波茂雄

真理は万人によって求められることを自ら欲し、芸術は万人によって愛されることを自ら望む。かつては民を愚昧ならしめるために学芸が最も狭き堂宇に閉鎖されたことがあった。今や知識と美とを特権階級の独占より奪い返すことはつねに進取的なる民衆の切実なる要求である。岩波文庫はこの要求に応じそれに励まされて生まれた。それは生命ある不朽の書を少数者の書斎と研究室とより解放して街頭にくまなく立たしめ民衆に伍せしめるであろう。近時大量生産予約出版の流行を見る。その広告宣伝の狂態はしばらくおくも、後代にのこすと誇称する全集がその編集に万全の用意をなしたるか。千古の典籍の翻訳企図に敬虔の態度を欠かざりしか。さらに分売を許さず読者を繋縛して数十冊を強うるがごとき、はたしてその揚言する学芸解放のゆえんなりや。吾人は天下の名士の声に和してこれを推挙するに躊躇するものである。このときにあたって、岩波書店は自己の責務のいよいよ重大なるを思い、従来の方針の徹底を期するため、すでに十数年以前より志して来た計画を慎重審議この際断然実行することにした。吾人は範をかのレクラム文庫にとり、古今東西にわたって文芸・哲学・社会科学・自然科学等種類のいかんを問わず、いやしくも万人の必読すべき真に古典的価値ある書をきわめて簡易なる形式において逐次刊行し、あらゆる人間に須要なる生活向上の資料、生活批判の原理を提供せんと欲する。この文庫は予約出版の方法を排したるがゆえに、読者は自己の欲する時に自己の欲する書物を各個に自由に選択することができる。携帯に便にして価格の低きを最主とするがゆえに、外観を顧みざるも内容に至っては厳選最も力を尽くし、従来の岩波出版物の特色をますます発揮せしめようとする。この計画たるや世間の一時の投機的なるものと異なり、永遠の事業として吾人は微力を傾倒し、あらゆる犠牲を忍んで今後永久に継続発展せしめ、もって文庫の使命を遺憾なく果たさしめることを期する。芸術を愛し知識を求むる士の自ら進んでこの挙に参加し、希望と忠言とを寄せられることは吾人の熱望するところである。その性質上経済的には最も困難多きこの事業にあえて当たらんとする吾人の志を諒として、その達成のため世の読書子とのうるわしき共同を期待する。

昭和二年七月

《東洋文学》〔赤〕

- 楚辞 —— 小南一郎訳注
- 杜甫詩選 —— 黒川洋一編
- 李白詩選 —— 松浦友久編訳
- 唐詩選 全三冊 —— 前野直彬注解
- 完訳 三国志 全八冊 —— 小川環樹・金田純一郎訳
- 西遊記 全十冊 —— 中野美代子訳
- 菜根譚 —— 洪自誠／今井宇三郎訳注
- 浮生六記 —浮生夢のごとし —— 沈復／松枝茂夫訳
- 阿Q正伝・狂人日記 他十二篇（吶喊） —— 魯迅／竹内好訳
- 魯迅評論集 —— 竹内好編訳
- 家 全二冊 —— 巴金／飯塚朗訳
- 新編 中国名詩選 全三冊 —— 川合康三編訳
- 遊仙窟 —— 張文成／今村与志雄訳
- 唐宋伝奇集 全二冊 —— 今村与志雄訳
- 聊斎志異 全二冊 —— 蒲松齢／立間祥介編訳
- 白楽天詩選 全二冊 —— 川合康三訳注
- 文選 全六冊 —— 川合康三・富永一登・釜谷武志・和田英信・浅見洋二・緑川英樹訳注
- 曹操・曹丕・曹植詩文選 —— 川合康三編訳
- ケサル王物語 —チベットの英雄叙事詩 —— アレクサンドラ・ダヴィッド＝ネール／アプル・ユンテン／富樫瓔子訳
- バガヴァッド・ギーター —— 上村勝彦訳
- 朝鮮民謡選 —— 金素雲訳編
- 尹東柱詩集 空と風と星と詩 —— 金時鐘編訳
- アイヌ神謡集 —— 知里幸恵編訳
- アイヌ民譚集 付 えぞおばけ列伝 —— 知里真志保編訳

《ギリシア・ラテン文学》〔赤〕

- ホメロス イリアス 全二冊 —— 松平千秋訳
- ホメロス オデュッセイア 全二冊 —— 松平千秋訳
- イソップ寓話集 —— 中務哲郎訳
- アイスキュロス アガメムノーン —— 久保正彰訳
- アイスキュロス 縛られたプロメーテウス —— 呉茂一訳
- アンティゴネー —— ソポクレース／中務哲郎訳
- ソポクレス オイディプス王 —— 藤沢令夫訳
- ソポクレス コロノスのオイディプス —— 高津春繁訳
- バッカイ —バッコスに憑かれた女たち —— エウリーピデース／逸身喜一郎訳
- ヘシオドス 神統記 —— 廣川洋一訳
- ヘーシオドス 仕事と日 —— 松平千秋訳
- 女の議会 —— アリストパネース／村川堅太郎訳
- アポロドーロス ギリシア神話 —— 高津春繁訳
- ギリシア・ローマ抒情詩選 —花冠 —— 呉茂一訳
- 黄金の驢馬 —— アープレーイユス／呉茂一・国原吉之助訳
- オウィディウス 変身物語 全二冊 —— 中村善也訳
- ギリシア・ローマ神話 付 インド・北欧神話 —— ブルフィンチ／野上弥生子訳
- ギリシア・ローマ名言集 —— 柳沼重剛編
- ローマ諷刺詩集 —— ペルシウス／ユウェナーリス／国原吉之助訳

《南北ヨーロッパ他文学》(赤)

ダンテ 新生　山川丙三郎訳
ゴルドーニ 珈琲店・恋人たち　平川祐弘訳
タブッキ 夢のなかの夢　和田忠彦訳
カヴァレリーア・ルスティカーナ 他十一篇　G・ヴェルガ 河島英昭訳
カルヴィーノ イタリア民話集 全二冊　河島英昭編訳
むずかしい愛　カルヴィーノ 和田忠彦訳
パロマー　カルヴィーノ 和田忠彦訳
カルヴィーノ アメリカ講義 ―新たな千年紀のための六つのメモ　米川良夫 和田忠彦訳
まっぷたつの子爵　カルヴィーノ 河島英昭訳
魔法の庭・空を見上げる部族 他十四篇　カルヴィーノ 和田忠彦訳
ペトラルカ ルネサンス書簡集　近藤恒一編訳
ペトラルカ 無知について　近藤恒一訳
美しい夏　パヴェーゼ 河島英昭訳
流刑　パヴェーゼ 河島英昭訳
祭の夜　パヴェーゼ 河島英昭訳
月と篝火　パヴェーゼ 河島英昭訳

休戦　プリーモ・レーヴィ 竹山博英訳
ウンベルト・エーコ 小説の森散策　和田忠彦訳
バウドリーノ 全二冊　ウンベルト・エーコ 堤康徳訳
タタール人の砂漠　ブッツァーティ 脇功訳
七人の使者・神を見た犬 他十三篇　ブッツァーティ 脇功訳
ラサリーリョ・デ・トルメスの生涯　会田由訳
ドン・キホーテ 前篇 全三冊　セルバンテス 牛島信明訳
ドン・キホーテ 後篇 全三冊　セルバンテス 牛島信明訳
娘たちの空返事 他一篇　モラティン 佐竹謙一訳
プラテーロとわたし　J・R・ヒメーネス 長南実訳
オルメードの騎士　ロペ・デ・ベガ 長南実訳
セビーリャの色事師と石の招客 他一篇　ティルソ・デ・モリーナ 佐竹謙一訳
ティラン・ロ・ブラン 全四冊　J・マルトゥレイ M・J・ダ・ガルバ 田澤耕訳
ダイヤモンド広場　マルセー・ルドゥレダ 田澤耕訳
完訳 アンデルセン童話集 全七冊　大畑末吉訳
即興詩人 全二冊　アンデルセン 大畑末吉訳
アンデルセン自伝　大畑末吉訳

ここに薔薇ありせば 他五篇　ヤコブセン 矢崎源九郎訳
フィンランド叙事詩 カレワラ 全二冊　リョンロット編 小泉保訳
王の没落　イェンセン 長島要一訳
イプセン 人形の家　原千代海訳
イプセン 野鴨　原千代海訳
令嬢ユリェ　ストリントベルク 茅野蕭々訳
ポルトガリヤの皇帝さん　ラーゲルレーヴ イシガ オサム訳
アミエルの日記 全四冊　河野与一訳
クオ・ワディス 全三冊　シェンキェーヴィチ 木村彰一訳
山椒魚戦争　カレル・チャペック 栗栖継訳
ロボット (R・U・R)　チャペック 千野栄一訳
白い病　カレル・チャペック 阿部賢一訳
灰とダイヤモンド 全二冊　アンジェイエフスキ 川上洸訳
牛乳屋テヴィエ　ショレム・アレイヘム 西成彦訳
完訳 千一夜物語 全十三冊　豊島与志雄 渡辺一夫 佐藤正彰 岡部正孝 訳
ルバイヤート　オマル・ハイヤーム 小川亮作訳
ゴレスターン　サアディー 沢英三訳

アブー・ヌワース アラブ飲酒詩選　塙 治夫編訳

王書 —古代ペルシャの神話・伝説　フェルドウスィー 岡田恵美子訳

中世騎士物語　ブルフィンチ 野上弥生子訳

コルタサル短篇集 悪魔の涎・追い求める男 他八篇　木村榮一訳

遊戯の終わり　コルタサル 木村榮一訳

秘密の武器　コルタサル 木村榮一訳

ペドロ・パラモ　ファン・ルルフォ 杉山晃・増田義郎訳

燃える平原　ファン・ルルフォ 杉山晃訳

伝奇集　J.L.ボルヘス 鼓直訳

創造者　J.L.ボルヘス 鼓直訳

続審問　J.L.ボルヘス 中村健二訳

七つの夜　J.L.ボルヘス 野谷文昭訳

詩という仕事について　J.L.ボルヘス 鼓直訳

汚辱の世界史　J.L.ボルヘス 中村健二訳

ブロディーの報告書　J.L.ボルヘス 鼓直訳

アレフ　J.L.ボルヘス 鼓直訳

語るボルヘス —書物・不死性・時間ほか　J.L.ボルヘス 木村榮一訳

20世紀ラテンアメリカ短篇選　野谷文昭編訳

フエンテス短篇集 アウラ・純な魂 他四篇　木村榮一訳

アルテミオ・クルスの死　フエンテス 木村榮一訳

グアテマラ伝説集　M・A・アストゥリアス 牛島信明訳

緑の家 全二冊　バルガス＝リョサ 木村榮一訳

密林の語り部　バルガス＝リョサ 西村英一郎訳

ラ・カテドラルでの対話　バルガス＝リョサ 旦敬介訳

弓と竪琴　オクタビオ・パス 牛島信明訳

失われた足跡　カルペンティエル 牛島信明訳

ラテンアメリカ民話集　三原幸久編訳

やし酒飲み　エイモス・チュツオーラ 土屋哲訳

薬草まじない　エイモス・チュツオーラ 土屋哲訳

マイケル・K　J・M・クッツェー くぼたのぞみ訳

ミゲル・ストリート　V・S・ナイポール 小沢自然・小野正嗣訳

キリストはエボリで止まった　カルロ・レーヴィ 竹山博英訳

クァジーモド全詩集　河島英昭訳

ウンガレッティ全詩集　河島英昭訳

クオーレ　デ・アミーチス 和田忠彦訳

ゼーノの意識 全二冊　ズヴェーヴォ 堤康徳訳

冗談　ミラン・クンデラ 西永良成訳

小説の技法　ミラン・クンデラ 西永良成訳

世界イディッシュ短篇選　西成彦編訳

《東洋思想》〔青〕

易経 全二冊 高田真治・後藤基巳訳
論語 金谷治訳注
孔子家語 藤原正校訳
孟子 全二冊 小林勝人訳注
老子 蜂屋邦夫訳注
荘子 全四冊 金谷治訳注
新訂 孫子 金谷治訳注
荀子 全二冊 金谷治訳注
韓非子 全四冊 金谷治訳注
史記列伝 全五冊 司馬遷 小川環樹・今鷹真・福島吉彦訳
春秋左氏伝 全三冊 小倉芳彦訳
塩鉄論 曾我部静雄訳註
千字文 小川環樹・木田章義注解
大学・中庸 金谷治訳注
仁学 —清末の社会変革論 譚嗣同 西順蔵・坂元ひろ子訳注
章炳麟集 —清末の民族革命思想 西順蔵・近藤邦康編訳
梁啓超文集 岡本隆司・石川禎浩・高嶋航編訳
マヌの法典 田辺繁子訳
ガンディー獄中からの手紙 森本達雄訳
ウパデーシャ・サーハスリー —真実の自己の探求 シャンカラ 前田専学訳

《仏教》〔青〕

ブッダのことば —スッタニパータ 中村元訳
ブッダの真理のことば 感興のことば 中村元訳
般若心経・金剛般若経 中村元・紀野一義訳註
法華経 全三冊 坂本幸男・岩本裕訳注
浄土三部経 全二冊 中村元・早島鏡正・紀野一義訳註
日蓮文集 兜木正亨校注
大乗起信論 宇井伯寿・高崎直道訳注
臨済録 入矢義高訳注
碧巌録 全三冊 入矢義高・溝口雄三・末木文美士・伊藤文生訳注
無門関 西村恵信訳注
法華義疏 全二冊 聖徳太子 花山信勝校訳
往生要集 全二冊 源信 石田瑞麿訳注
教行信証 親鸞 金子大栄校訂
歎異抄 金子大栄校注
正法眼蔵 全四冊 道元 水野弥穂子校注
正法眼蔵随聞記 懐奘編 和辻哲郎校訂
道元禅師清規 大久保道舟訳注
一遍上人語録 —付 播州法語集 大橋俊雄校注
一遍聖絵 聖戒編 大橋俊雄校注
南無阿弥陀仏 —付 心偈 柳宗悦
蓮如文集 蓮如 笠原一男校注
蓮如上人御一代聞書 稲葉昌丸校訂
日本的霊性 鈴木大拙 篠田英雄校訂
新編 東洋的な見方 鈴木大拙 上田閑照編
禅堂生活 鈴木大拙 横川顕正訳
大乗仏教概論 鈴木大拙 佐々木閑訳
浄土系思想論 鈴木大拙
神秘主義 キリスト教と仏教 鈴木大拙 坂東性純・清水守拙訳
禅の思想 鈴木大拙

ブッダ最後の旅 ―大パリニッバーナ経― 中村元訳
仏弟子の告白 ―テーラガーター― 中村元訳
尼僧の告白 ―テーリーガーター― 中村元訳
ブッダ神々との対話 ―サンユッタ・ニカーヤI― 中村元訳
ブッダ悪魔との対話 ―サンユッタ・ニカーヤII― 中村元訳
禅林句集 足立大進校注
ブッダが説いたこと ワールポラ・ラーフラ 今枝由郎訳
ブータンの瘋狂聖ドゥクパ・クンレー伝 ゲンドゥン・リンチェン編 今枝由郎訳
梵文和訳 華厳経入法界品 梶山雄一・丹治昭義・津田真一・田村智淳・桂紹隆訳注

《音楽・美術》〔青〕

ベートーヴェンの生涯 ロマン・ロラン 片山敏彦訳
音楽と音楽家 シューマン 吉田秀和訳
モーツァルトの手紙 ―その生涯のロマン― 全二冊 柴田治三郎編訳
レオナルド・ダ・ヴィンチの手記 全二冊 杉浦明平訳
ゴッホの手紙 全三冊 硲伊之助訳
ロダンの言葉抄 高村光太郎訳 高田博厚・菊池一雄編
ビゴー日本素描集 清水勲編
ワーグマン日本素描集 清水勲編
河鍋暁斎戯画集 山口静一・及川茂編
葛飾北斎伝 飯島虚心 鈴木重三校注
ヨーロッパのキリスト教美術 ―十二世紀から十八世紀まで― 全二冊 エミール・マール 柳宗玄・荒木成子訳
近代日本漫画百選 清水勲編
ドーミエ諷刺画の世界 喜安朗編
デューラー 自伝と書簡 前川誠郎訳
蛇儀礼 ヴァールブルク 三島憲一訳
セザンヌ ガスケ 與謝野文子訳
迷宮としての世界 ―マニエリスム美術― 全二冊 グスタフ・ルネ・ホッケ 種村季弘・矢川澄子訳
日本洋画の曙光 平福百穂
映画とは何か 全二冊 アンドレ・バザン 野崎歓・大原宣久・谷本道昭訳
漫画 坊っちゃん 近藤浩一路
漫画 吾輩は猫である 近藤浩一路
ロバート・キャパ写真集 ICPロバート・キャパ・アーカイブ編
北斎 富嶽三十六景 日野原健司編
日本漫画史 ―鳥獣戯画から岡本一平まで― 細木原青起
世紀末ウィーン文化評論集 ヘルマン・バール 西村雅樹編訳
ゴヤの手紙 全二冊 大髙保二郎・松原典子編訳
丹下健三建築論集 豊川斎赫編
丹下健三都市論集 豊川斎赫編

《哲学・教育・宗教》〔青〕

- ソクラテスの弁明・クリトン　プラトン　久保勉訳
- ゴルギアス　プラトン　加来彰俊訳
- 饗宴　プラトン　久保勉訳
- テアイテトス　プラトン　田中美知太郎訳
- パイドロス　プラトン　藤沢令夫訳
- メノン　プラトン　藤沢令夫訳
- 国家　全二冊　プラトン　藤沢令夫訳
- プロタゴラス　―ソフィストたち　プラトン　藤沢令夫訳
- パイドン　―魂の不死について　プラトン　岩田靖夫訳
- アナバシス　―敵中横断六〇〇〇キロ　クセノポン　松平千秋訳
- アリストテレス　ニコマコス倫理学　全二冊　高田三郎訳
- アリストテレス　形而上学　全二冊　出隆訳
- アリストテレス　弁論術　戸塚七郎訳
- アリストテレース詩学・ホラーティウス詩論　松本仁助・岡道男訳
- 物の本質について　ルクレーティウス　樋口勝彦訳
- エピクロス　―教説と手紙　出隆・岩崎允胤訳

- 生の短さについて　他二篇　セネカ　大西英文訳
- 怒りについて　他二篇　セネカ　兼利琢也訳
- エピクテトス　人生談義　全二冊　國方栄二訳
- マルクス・アウレーリウス　自省録　神谷美恵子訳
- 老年について　キケロー　中務哲郎訳
- 友情について　キケロー　中務哲郎訳
- 弁論家について　全二冊　キケロー　大西英文訳
- キケロー書簡集　高橋宏幸編
- エラスムス＝トマス・モア往復書簡　沓掛良彦・高田康成訳
- 方法序説　デカルト　谷川多佳子訳
- 哲学原理　デカルト　桂寿一訳
- 精神指導の規則　デカルト　野田又夫訳
- 情念論　デカルト　谷川多佳子訳
- パンセ　全三冊　パスカル　塩川徹也訳
- 知性改善論　スピノザ　畠中尚志訳
- スピノザ　エチカ（倫理学）　全二冊　畠中尚志訳
- モナドロジー　他二篇　ライプニッツ　谷川多佳子・岡部英男訳

- ハイラスとフィロナスの三つの対話　バークリ　戸田剛文訳
- 市民の国について　全二冊　ヒューム　小松茂夫訳
- 自然宗教をめぐる対話　ヒューム　犬塚元訳
- 人間機械論　ド・ラ・メトリ　杉捷夫訳
- エミール　全三冊　ルソー　今野一雄訳
- ルソー　告白　全三冊　桑原武夫訳
- 人間不平等起原論　ルソー　本田喜代治・平岡昇訳
- ルソー　社会契約論　桑原武夫・前川貞次郎訳
- 政治経済論　ルソー　河野健二訳
- 学問芸術論　ルソー　前川貞次郎訳
- 演劇について　―ダランベールへの手紙　ルソー　今野一雄訳
- 言語起源論　―旋律と音楽的模倣について　ルソー　増田真訳
- ディドロ、ダランベール編　百科全書　―序論および代表項目　桑原武夫訳編
- ディドロ　絵画について　佐々木健一訳
- 道徳形而上学原論　カント　篠田英雄訳
- 啓蒙とは何か　他四篇　カント　篠田英雄訳
- 純粋理性批判　全三冊　カント　篠田英雄訳

- カント 実践理性批判　波多野精一・宮本和吉・篠田英雄訳
- 判断力批判 全二冊　カント／篠田英雄訳
- 永遠平和のために　カント／宇都宮芳明訳
- プロレゴメナ　カント／篠田英雄訳
- 学者の使命・学者の本質　フィヒテ／宮崎洋三訳
- シュライエルマッハー 独白　木場深定訳
- 哲学史序論 —哲学と哲学史　ヘーゲル／武市健人訳
- ヘーゲル 政治論文集 全二冊　金子武蔵訳
- 歴史哲学講義 全二冊　ヘーゲル／長谷川宏訳
- 法の哲学 —自然法と国家学の要綱　ヘーゲル／上妻精・佐藤康邦・山田忠彰訳
- 自殺について 他四篇　ショウペンハウエル／斎藤信治訳
- 読書について 他二篇　ショウペンハウエル／斎藤忍随訳
- 知性について 他四篇　ショーペンハウエル／細谷貞雄訳
- 将来の哲学の根本命題 他二篇　フォイエルバッハ／松村一人・和田楽訳
- 不安の概念　キェルケゴール／斎藤信治訳
- 死に至る病　キェルケゴール／斎藤信治訳
- 体験と創作 全二冊　ディルタイ／柴田治三郎・小牧健夫訳

- 眠られぬ夜のために 全二冊　ヒルティ／草間平作・大和邦太郎訳
- 幸福論 全三冊　ヒルティ／草間平作・大和邦太郎訳
- 悲劇の誕生　ニーチェ／秋山英夫訳
- ツァラトゥストラはこう言った 全二冊　ニーチェ／氷上英廣訳
- 道徳の系譜　ニーチェ／木場深定訳
- 善悪の彼岸　ニーチェ／木場深定訳
- この人を見よ　ニーチェ／手塚富雄訳
- プラグマティズム　W・ジェイムズ／桝田啓三郎訳
- 宗教的経験の諸相 全二冊　W・ジェイムズ／桝田啓三郎訳
- 純粋経験の哲学　W・ジェイムズ／伊藤邦武編訳
- 純粋現象学及現象学的哲学考案 全二冊　フッセル／池上鎌三訳
- デカルト的省察　フッサール／浜渦辰二訳
- 愛の断想・日々の断想　ジンメル／清水幾太郎訳
- ジンメル宗教論集　深澤英隆編訳
- 笑い　ベルクソン／林達夫訳
- 道徳と宗教の二源泉　ベルクソン／平山高次訳
- 物質と記憶　ベルクソン／熊野純彦訳

- 時間と自由　ベルクソン／中村文郎訳
- ラッセル教育論　安藤貞雄訳
- ラッセル幸福論　安藤貞雄訳
- 存在と時間 全四冊　ハイデガー／熊野純彦訳
- 学校と社会　デューイ／宮原誠一訳
- 民主主義と教育 全二冊　デューイ／松野安男訳
- 歴史と自然科学・道徳の原理に就て・聖 『プレルーディエン』より　ヴィンデルバント／篠田英雄訳
- 我と汝・対話　マルティン・ブーバー／植田重雄訳
- アラン 幸福論　神谷幹夫訳
- アラン 定義集　神谷幹夫訳
- 天才の心理学　E・クレッチュマー／内村祐之訳
- 英語発達小史　H・ブラッドリ／寺澤芳雄訳
- 日本の弓術　オイゲン・ヘリゲル述／柴田治三郎訳
- 饒舌について 他五篇　プルタルコス／柳沼重剛訳
- ことばのロマンス —英語の語源　ウィークリー／寺澤芳雄・出淵博訳
- 人間 —シンボルを操るもの　カッシーラー／宮城音弥訳
- 国家と神話 全二冊　カッシーラー／熊野純彦訳

天才・悪　ブレンターノ　篠田英雄訳
人間の頭脳活動の本質 他一篇　ディーツゲン　小松摂郎訳
プラトン入門　R・S・ブラック　内山勝利訳
反啓蒙思想 他二篇　バーリン　松本礼二編
マキアヴェッリの独創性 他三篇　バーリン　川出良枝編
論理哲学論考　ウィトゲンシュタイン　野矢茂樹訳
自由と社会的抑圧　シモーヌ・ヴェイユ　冨原眞弓訳
根をもつこと 全二冊　シモーヌ・ヴェイユ　冨原眞弓訳
重力と恩寵　シモーヌ・ヴェイユ　冨原眞弓訳
全体性と無限 全二冊　レヴィナス　熊野純彦訳
啓蒙の弁証法 —哲学的断想　M・ホルクハイマー T・W・アドルノ　徳永恂訳
ヘーゲルからニーチェへ —十九世紀思想における革命的断絶 全二冊　レーヴィット　三島憲一訳
統辞構造論 付『言語理論の論理構造』序論　チョムスキー　福井直樹 辻子美保子訳
統辞理論の諸相 方法論序説　チョムスキー　福井直樹 辻子美保子訳
言語変化という問題 —共時態、通時態、歴史　E・コセリウ　田中克彦訳
快楽について　ロレンツォ・ヴァッラ　近藤恒一訳
古代懐疑主義入門 —判断保留の十の方式　J・アナス J・バーンズ　金山弥平訳

ニーチェ みずからの時代と闘う者　ルドルフ・シュタイナー　高橋巖訳
人間精神進歩史 全二冊　コンドルセ　渡辺誠訳
人間の教育 全二冊　フレーベル　荒井武訳
フレーベル自伝　長田新訳
旧約聖書 創世記　関根正雄訳
旧約聖書 出エジプト記　関根正雄訳
旧約聖書 ヨブ記　関根正雄訳
旧約聖書 詩篇　関根正雄訳
新約聖書 福音書　塚本虎二訳
文語訳 新約聖書 詩篇付
文語訳 旧約聖書 全四冊
キリストにならいて　トマス・ア・ケンピス　大沢章 呉茂一訳
聖アウグスティヌス 告白 全二冊　服部英次郎訳
アウグスティヌス 神の国 全五冊　服部英次郎 藤本雄三訳
新訳 キリスト者の自由・聖書への序言　マルティン・ルター　石原謙訳
シュヴァイツェル イエスの生涯 —メシアと受難の秘密　シュヴァイツェル　波木居齊二訳
キリスト教と世界宗教　シュヴァイツェル　鈴木俊郎訳

水と原生林のはざまで　シュヴァイツェル　野村実訳
コーラン 全三冊　井筒俊彦訳
エックハルト説教集　田島照久編訳
ムハンマドのことば ハディース　小杉泰編訳
新約聖書外典 ナグ・ハマディ文書抄　荒井献 大貫隆 小林稔 筒井賢治編訳
後期資本主義における正統化の問題　ハーバーマス　山田正行 金慧訳
シンボルの哲学 —理性、祭礼、芸術のシンボル試論　S・K・ランガー　塚本明子訳
ジャック・ラカン 精神分析の四基本概念 全二冊　ジャック＝アラン・ミレール編　小出浩之 新宮一成 鈴木國文 小川豊昭訳
精神と自然 —生きた世界の認識論　グレゴリー・ベイトソン　佐藤良明訳

岩波文庫の最新刊

カール・ポパー著／小河原誠訳
開かれた社会とその敵
第一巻　プラトンの呪縛(上)

ポパーは亡命先で、左右の全体主義と思想的に対決する大著を執筆した。第一巻では、プラトンを徹底的に弾劾、民主主義の基礎を解明していく。(全四冊)
〔青N六〇七-一〕　定価一五〇七円

シェイクスピア作／桒山智成訳
冬物語

妻の密通という〈物語〉にふと心とらわれたシチリア王は、猛烈な嫉妬を抱き……。シェイクスピア晩年の傑作を、豊かなリズムを伝える清新な翻訳で味わう。
〔赤二〇五-一一〕　定価九三五円

持田叙子編
安岡章太郎短篇集

安岡章太郎(一九二〇-二〇一三)は、戦後日本文学を代表する短篇小説の名手。戦時下での青春の挫折、軍隊での体験、父母への想いをテーマにした十四篇を収録。
〔緑二二八-一〕　定価一一〇〇円

……今月の重版再開……

宮崎安貞編録／貝原楽軒刪補／土屋喬雄校訂
農業全書
〔青三三-一〕　定価一一六六円

エラスムス著／箕輪三郎訳
平和の訴え
〔青六一二-一〕　定価七九二円

定価は消費税10％込です　2023.2